뉴욕의 80세 태泰와

서울의 24세 미未가

시공간을 넘어 나누는 영혼의 교류

'내 안의 순딩이 소년을 깨워라'

초판 1쇄 인쇄 2017년 9월 22일
초판 1쇄 발행 2017년 9월 27일

지은이 이태상 김미래
펴낸이 전승선
펴낸곳 자연과인문
북디자인 신은경
인쇄 대산문화인쇄

출판등록 제300-2007-172호
주소 서울시 종로구 삼일대로 445
전화 02)735-0407
팩스 02)744-0407
홈페이지 http://www.jibook.net
이메일 jibooks@naver.com

ISBN 979-11-86162-27-9 (03810)
값 13,000원

泰<ruby>利<rt></rt></ruby>思<ruby>辨<rt></rt></ruby>

태미사변

80세 노인과 24세 소녀의 사상로맨스

이태상 · 김미래

자연과
인문

차례

contents

태泰미사변

단세포 아메바 같은 생명의 씨앗인 남성이

심오하고 신비로운 우주의 자궁 같은 여성들에게

이 책을 바친다.

2017년 가을

뉴욕에서

이태상

태미未사변

신묘하고 아름다운 만물의 고향인 여성이

메마르고 거친 황무지의 단비 같은 남성들에게

이 책을 바친다.

2017년 가을

서울에서

김미래

우리들의
만남

경애하는 김미래 '에그코어' 창업 대표님께

　오늘 서울대 미주동창회보 2017년 3월호에 실린 김미래 동문님의 글 '청춘 시나리오'를 읽고 새장 같은 틀을 깨고 벗어나 '파랑새'가 되어 푸른 창공으로 비상하시는 김미래 님께 큰 성원과 박수를 보냅니다.

　"한국사회가 무의식적으로 정립해놓은 아름다운 시나리오는 저의 것이 아니라고 생각합니다. 제 시나리오는 제가 직접 써 내려가고 싶었습니다. 시련과 역경이 있을지언정 순간순간 행복과 쾌감이 있

태미사변

는 나만의 시나리오. 전 '에그코어'라는 제목의 시나리오를 써 내려가고 있습니다."라는 김미래 님, Bravo! 전폭적으로 지지하고 응원합니다.

1955년 문리대 종교학과에 입학, 1959년도 졸업생인 저 또한 지난 80여 년 동안 'free spirit'으로 살아오면서 종교, 철학, 정치, 경제, 문화 등 모든 분야를 막론하고 세계인 아니 제 식으로 표현해서 '무지코'라고 말하고 싶습니다. '무지코'는 무지개를 타고 지상으로 내려온 우주인 '코스미안Cosmian'의 삶을 제가 직접 체험하거나 예의 관찰한 다양한 실례들을 memoir나 essay 또는 journal 형식으로 기록한 책들을 10여 권 출간했습니다.

지난 연말에 나온 '어레인보우 시리즈' 여섯 번째 에세이집 '생의 찬가'는 그동안 제가 써온 18권(영문판 한 권과 역서 4권 포함)의 '코스모스 시리즈'의 최종 완결본으로 그 배경은 아래와 같이 요약할 수 있겠습니다.

괴테가 그의 나이 24세에 쓰기 시작해 82세에 마쳤다는, 58년에 걸친 희곡 '파우스트'에서 파우스트가 하는 마지막 독백 "오, 머물러라, 너는 정말 아름답구나!"를 나는 내 나이 23세에 혈서와 유서로 시작해 80세에 마치는, 57년에 걸친 나의 신곡神曲이 아닌 인곡人曲 '코스모스 시리즈'를 나의 독백 "아, 코스모스, 넌 정말 아름답구나!"로 끝맺습니다.

1959년 내가 대학을 졸업하던 해 나의 첫사랑 '코스모스'님으로부터 크리스마스 선물로 받은 단테의 '신곡神曲'에 대한 답례로 바치는 이 '코스모스 시리즈'는 1961년 2월초 마지막으로 만나보고 헤어진 후 지난 55여 년 동안 날로 사무치는 그리움으로 쓰게 된 것으로 10여 권의 이 책들을 내 생전에 코스모스님에게 보내드리는 것이 내 삶의 유일한 목적이 되었지요. 그러다 그야말로 지성이면 감천인지 기적처럼 여러 해를 두고 찾아온 코스모스 님의 소재를 지난 9월에야 비로소 알게 되어 내 책들을 우송해드렸습니다. (지난 12월 그 일부는 반송되었지만) 이것만으로도 내 평생소원이 이루어진 셈이고, 내 책들을 읽어주셨다는 짧은 한마디 답장이라도 받을 수 있다면 이 세상에서 더 이상 바랄 게 없지만 죽기 전에 단 한번 만이라도 만나보고 싶어 회신을 간절히 고대하고 있습니다. 설혹 그런 기회가 내게 주어지지 않는다 해도 나는 한없이 감사할 뿐입니다.

나이 아홉 살 때 여덟 살짜리 베아트리체를 만나 사랑에 빠졌고, 이 소녀가 다른 남자와 결혼했다가 24세에 죽었음에도 그녀를 잊지 못하고 '신곡The Divine Comedy'을 쓰게 된 단테같이 나도 이루지 못한 첫사랑 때문에 나의 '인곡The Human Comedy'을 쓰게 된 것에 뭣하고도 비교할 수 없이

태미사변

보람되고 행복한 성취감을 느끼고 있답니다.

혹시라도 망중투한으로 일독해 주시겠다면 김미래 님께 제 책들을 보내드리라고 출판사에 요청해 보겠습니다. 김미래 님이 이 책들을 읽어 주신다면 너무나도 크나큰 영광일 뿐만 아니라 우리에게 어떤 기적이 일어날지 알 수 없지 않습니까!

20170309

이태상 드림

안녕하세요. 이태상 선배님

작은 새장에서 비집고 나와 끝을 예측할 수 없는 광대한 고공으로의 비행초기 날갯짓 중인 '에그코어' 김미래라고 합니다. 먼저, 부족한 저의 이야기를 지지 및 응원해주신 점 정말 감사드리며 저 또한 선배님의 Free Spirit, 전폭적으로 지지하고 응원하는 바입니다.

외부의 간섭을 벗어나 자유로운 사고와 육체로 남을 때 진정 자신의 최대한의 역량이 나온다고 항상 합리화하며 고정적인 기대와 틀을 뛰쳐나왔는데, 오랜 시간 선배님의 **Free Spirit**으로 일구어진 멋진 결과물을 직접 듣게 되니 제가 걷고자 하는 방식의 동지이자 선배님을 만나뵌 기분에 굉장히 기쁩니다.

'코스모스'님의 소재를 알게 되셨으니 그분께 선배님의 이야기를 전달하는 것은 그간의 몇 십 년의 시간보다는 훨씬 짧은 단기간의 시간이 될 것이라 생각합니다. 저에게도 '코스모스'같은 잊히지 않는 귀한 존재가 다가올 날이 있겠죠. 낭만을 꿈꾸지만 낭만을 마주하고 생성하는 법에 무지하고 서투를 뿐입니다.

선배님께서 오랜 기간 써 내려가신 시리즈를 제가 받아 읽게 된다면 두말할 필요 없이 정말 영광일 것 같습니다. 선배님의 보람되고 설레는 결과물이라면 저 또한 읽는 내내 설렘을 느낄 수 있을 것 같습니다. 사업을 하면서 항상 말로 내뱉고 행동으로 실천하는 것에 익숙해지다 보니 제 자신의 감성적인 고찰을 거의 하지 못합니다. 선배님의 이야기를 읽으며 간접적으로나마 그리고 나아가 제 자신을 고찰할 수 있지 않을까 합니다.

다시 한번 부족한 저, 그리고 열심히 날갯짓을 버둥거리는 '에그코어'에 관심과 지지 감사드립니다. 저 또한 동문님의 아름다운 목표의 결실과 코앞으로 다가오는 봄은 더더욱 행복하시길 기원합니다.

태미사변

감사합니다.

20170310

김미래 드림

사랑의
D-학점

안녕하세요, 이태상 선생님. 에그코어 김미래입니다.

보내주신 책을 받자마자 펴 읽기 시작하여 '어레인보우'와 '뒤바뀐 몸과 머리'를 읽고 지금은 '무지코'를 읽고 있습니다. 선생님께서 메일에 적어주신 간결한 스토리를 책을 통해 깊이 듣게 되니 너무나 신기할 뿐더러, 저의 단순한 생각 이상의 선생님의 진정 '가슴 뛰는 대로' 살아오신 이야기에 감탄을 금치 못했습니다. 선생님이 가지고 계신 신념과 매 순간의 마음가짐, 자녀분들을 향한 사랑 등 머리가 하는 다양한 이야기를 들을 수 있었습니다.

태미사변

사실 선생님, 저는 선생님이 세상에서 가장 위대한 것, 곧 삶이라 칭하시는 사랑을 매우 어려워하고 귀찮아합니다. 가족에게도 사랑을 표현할 줄 모르며, 대면적으로는 항상 좋은 진심은 숨기며 나쁜 내면의 진심만을 서로가 언성 높여 주고받습니다. 결국은 편지 한 장, 또는 카카오톡 장문의 메시지로밖에 서로의 좋은 진심을 전달할 줄 모릅니다.

　며칠 전, 어머니가 서울에 올라오셔 오랜만에 얼굴을 마주하게 되었습니다. 하지만 결국 또 크게 다투었고, 전 속에 담아두었던 이야기를 마구 내뱉었습니다. 다음 날, 카카오톡 메시지로 '엄마, 내가 한 말들 절대 새겨듣지 말아주세요.'라 보냈습니다. 집에 돌아오니 '미래야. 항상 못 해주는 엄마여서 미안하다. 하지만 엄마는 너희의 행복을 빌어. 네가 입 나온 것만 봐도 엄마는 수명이 주는 기분이란다. 밥 잘 챙겨먹어.'라는 어머니의 편지가 냉장고에 붙어 있었습니다.

　자신 때문에 가지게 된 상대의 상처를 알게 된다면 해소되지 않는 죄책에 빠져 더욱이 표현할 수 있는 자신감을 잃게 되지 않습니까. 저도 그런 감정을 알기에 제발 부디 전날의 높은 언성의 말들은 잊어 달라 말씀드렸습니다. 이렇게 가족에게도 아픈 상처를 주기만 하는 저는 사랑이라는 과목의 D-학점입니다. 사랑의 매길 수 없는 위대함을 평생 이해할 수 없을 뿐더러 알고자 고군분투해도 전 영원히 모자랄 것 같습니다. 그래도 선생님이 말씀하시는 삶, 사랑을 되새기며 저만의 사랑의 그림을 그려보도록 하겠습니다.

다시 한번, 제게 귀중한 책들을 보내주신 점, 감사합니다.

20170314

김미래 드림

친애하는 김미래 후생 님의 메일 반가웠습니다.

어떤 '글'이든 글은 '그리움'이 준말이고 우선 자신을 대상으로 쓰는 것이기에 그 첫 독자는 다름 아닌 자신이지요. 그런데 자신 이외의 독자 단 한 사람만이라도 있다면 그 이상 더 바랄 수 없을 뿐만 아니라 아주 만족스러운 일입니다. 제게는 김미래 님이 바로 이런 단 한 사람의 독자인 것 같습니다. 영어로 표현해서 Whatever you read, you are reading yourself. 김미래 님이 읽는 책 내용은 김미래 님 자신의 모습이란 뜻이지요. 언제나 자신 속에 있는 것만 밖에서 찾아 발견하게 되지 않던가요.

극과 극은 통한다는 말이 있듯이 극히 냉정한 사람일수록 극히 열정적일 수 있고, 표현이 적을수록 아니 없을수록 그 속마음은 더 깊이 가 있고 질량감이 있겠지요. 'I hate you'가 'I love you'란 표현보다 훨 씬 더 강하고 진한 사랑표현이 아닙니까.

김미래 님처럼 나 또한 '위선자'가 되기 싫어 '위악자'로 자처해왔 답니다. 그러니 김미래 님께서도 조금도 자책하지 마시고 자중자애 하십시오. '언외언言外言', 'to read between the lines'이라고 하지요.

"미래야. 항상 못해주는 엄마여서 미안하다. 하지만 엄마는 너희 의 행복을 빌어. 네가 입 나온 것만 봐도 엄마는 수명이 주는 기분이 란다. 밥 잘 챙겨먹어"

이 한 마디 말씀에 제가 제 책 열두 권에서 하고자 한 말이 다 들어 있네요! 정말 제가 너무 좋아하고 존경하는, 너무도 훌륭한 그 어머님 에 그 따님이십니다. 이태상이 진심으로 경배 드립니다.

20170315
이태상 드림

존경하는 이태상 선생님

 가방 안에 읽을 수 있는 책을 넣고 집을 나서는 순간, 풍성하고도 따스한 무언가가 저를 보호하고 있는 기분이 드는 요즘입니다. 가식을 품고 점점 냉철해져만 가던 중, 선생님의 글을 읽을 수 있음과 동시에 이리도 훌륭한 조언을 주시니 제 뇌와 심장이 더욱 말랑해지고 따스해집니다.

 선생님께서도 위악자로 자처하셨다는 말씀에 놀라고도 왠지 마음이 놓였습니다. 자신의 이야기를 이리도 따사로이, 풍성하게 그려내신 분이 그런 면을 동시에 가지고 계셨다니.

 어제 밤 '무지코'의 '우리 모두에게 바치는 송시'를 읽는 중 도전하기를 두려워하며 현 시대에 안주하려고만 하는 젊은이들과, 도전했지만 매 순간 가족과의 관계, 이 일의 현재, 그리고 미래에 대해 걱정 안 하는 척 꺼림칙한 불안감에 휩싸이는 저에게 인생을 걷는데 화끈한 해답을 던져준 듯 했습니다.

 '쓴 맛을 봐야 단 맛도 알지.'
 '죽은 셈치고 하루하루가 덤이라 여긴다면 매 순간이 얼마나 감사할까.'

근래 젊은 세대 사이에서 많이 쓰이는 단어, '꽃길', '흙길'이 있습니다. 세상이 No라고 할지언정, 부딪혀봐야 나아갈 수 있는 법. 흙이 있어야 꽃의 뿌리를 내릴 수 있으리라 믿고 하염없이 걷습니다. 이와 같이, 사랑이라는 강의의 D-를 맞아봤으니 A+를 맞을 수 있는 방법을 저도 알게 되겠지요. 하하

항상 중고등학교의 순수하고 학구열에 불타오르던 딸을 그리워하시는 어머니께 지금의 저는 못나 보이는가 봅니다. 이도 저를 사랑하시기에 하시는 무거운 질량감의 애정표현이겠지요. 선생님께서는 곁에 지반이 무너질 정도로 무거운 사랑의 자녀분들을 두셨지요! 항상 행복하시길……. 매번 감사드립니다!

20170315
김미래 드림

선배를 훨씬 뛰어넘는 김미래 후배 님께

부처를 만나면 부처를 죽이란 말처럼 스승을, 부모를, 따르지 말고 그 이상으로 뛰어넘어 비상하란 말이 있듯이 김미래 님이야말로 '척하

면 삼천리, 삼만리' 그 이상으로 A+ 학점을 초월하는 수재, 천재, 만재이네요. 참으로 경이롭고 경탄스럽습니다. 이토록 우수하고 뛰어난 독자를 만나게 될 줄이야 꿈도 못 꾼 일로 기적 같은 축복입니다.

'쓴 맛을 봐야 단 맛도 알지.' '죽은 셈치고 하루하루 덤이라 여긴다면 매 순간이 얼마나 감사할까.' 쩡쩡 울리는 메아리로 화답해주시니 너무도 기쁘고 크나큰 격려와 위로가 되고 더할 수 없는 보람을 느끼게 됩니다. 이태상이 깊이 감사드립니다.

20170315
이태상 드림

친애하는 선생님

부족한 저를 로망, 선망의 대상이라 일컬어주시니 몸 둘 바를 모르겠습니다! 선생님 책을 읽은 수많은 독자의 한명, 그리고 보내주시는 메일 속 글귀들의 독자로서도 영광이온데 이런 꿈같은 제안 주시니 어안이 벙벙합니다.

'가슴 뛰는 대로 살아라.'라는 선생님의 말씀처럼, 가슴이 말하고자 하는 대로 진실히 적어 내려간 덕인 걸까요, 우주를 내려다보고 지휘하는 미지의 존재가 이러한 뜻밖의 인연을 너무나도 아름다이 봐주신 걸까요. 아니, 선생님께서 봐주신 것이겠지요!

지금도 제 머리가 말하는 것이 옳은 것인지 그른 것인지 끊임없이 고민하며, 사람들의 말에 귀 기울여 보태고 보태는 24살입니다. 와따리 가따리 하는 제 이야기를 들려드려도 된다면 이보다 더 행복할 수 있을지요. 살면서 기회라는 게 얼마나 자주 있을 것이고, 또한 이리도 즐거운 기회는 부족한 저에게 얼마나 찾아 올지요. 주어진다면 제 손땀이 베도록 꼭 쥐고 싶습니다.

오늘 저녁에 20살짜리 제 여동생과 짜파게티를 안주삼아 소주잔을 부딪치기로 하였는데, 제 잔 안의 소주가 찰랑찰랑 격한 춤을 추어 흘러넘칠 듯합니다!

20170317

김미래 드림

로망과 희망에 찬
'김' 서린 '미래'를 위하여

'로망' 아니 '선망의 대상' 김미래 님께

지난번 메일에 김미래 님이 적으신 글, "세상이 No라고 할지언정, 부딪혀봐야 나아갈 수 있는 법. 흙이 있어야 꽃의 뿌리를 내릴 수 있으리라 믿고 하염없이 걷습니다." 문득 미국시인 에밀리 디킨슨^{Emily} ^{Dickinson}(1876)의 시구가 생각납니다.

"알 수 없는 미지의 미래는 지성이 필요로 하는 전부여라. ^{The unknown} ^{is the largest need of the intellect.}"

김미래 님의 이름을 누가 작명해주셨는지, 더할 수 없이 철학적이고, 시적으로 무궁무진한 우주 코스모스의 신비로운 기운으로 가득 차 있네요. 작명해주신 분께 심심한 경의를 표해 마지않습니다.

제가 전에 쓴 글에서도 언급한 바 있는 것 같습니다만, 이름이란 단순히 불리는데 그치지 않고 태생 전 태교육으로 시작해 태생 후 평생토록 이어질 뿐만 아니라, 사후에도 영원토록 남아 숨 쉬게 되는 천지 간의 기氣가 서려 그윽하게 '김'이 무럭무럭 나게 되는 게 아니던가요. 무릇 대체로 헤아려 점쳐보건대, 알버트 아인슈타인이 말한 것처럼 "우리가 사는 세상의 영원한 미스터리는 이를 이해할 수 있는 그 가능성이다. The eternal mystery of the world is its comprehensibility" 라고 할 수도 있을는지 모르겠습니다. 우리 옛 한시 한 편 같이 음미해보자구요.

또한 유쾌하지 않은가不亦快哉三十三則

자식들이 글을 읽는데, 유려하기가 병에서 물 흘러나오듯 한다.
이 또한 유쾌하지 않은가!

아침에 눈을 뜨자, 한숨 소리와 함께 누가 죽었다는 수군거림이 들린다.

얼른 사람을 불러 누가 죽었는가 물으니,

성 안에서 제일 인색하던 그 구두쇠라고 한다.

이 또한 유쾌하지 않은가!

가난한 선비가 돈을 꾸러 왔다.

터놓지 못하고 우물쭈물 딴말만 한다.

그 마음을 눈치 채고 조용한 데로 데려가,

얼마나 필요한가 물어본 뒤,

달려가 돈을 가져와 건네준 다음 다시 묻는다.

"자네 당장 처리할 바쁜 일이 있으신가?

같이 한 잔 하고 가면 안 되겠는가?"

이 또한 유쾌하지 않은가!

창문 열어젖히고 방 안의 벌을 몰아냈다.

이 또한 유쾌하지 않은가!

빚을 다 갚았다.

이 또한 유쾌하지 않은가!

김성탄金聖歎(1608~1661)

태미사변

최근 자연과인문 출판사 전승선 대표님께서 제게 주신 메일에서 증언해주신 대로, "한국은 이제 어떤 형태로든 새로운 시대를 열어가고 있습니다."처럼 개인이고 민족이고 불사조처럼 희망은 언제나 절망 속에서 태어나지요. 우리 모두의 로망과 희망찬 '미래'를 위하여 몇 자 적어봤습니다.

20170317
이태상 드림

친애하는 선생님.

50여 년의 세월이 무색하게나마 이렇게 글귀를 주고받고 머릿속 세계를 공유할 수 있는 동시, 그간의 세월만큼 저보다 더 넓은 앎을 지니신 귀인께 소중히 다시 한 번 글귀 적습니다.

어렸을 적, 제 이름 석자 김미래 중 '미'가 美가 아닌 未여서 예쁜 한자 갖고픈 마음에 어찌나 아쉬워했었는지요. 아버지가 '미래未來'라 지어주심에는 '세상에 아직 존재하지 않는 특별한 존재가 되라'는 의미가 담긴 것을 알고서는 정말 감사했습니다. 예측할지언정 예측과는 달리 그 이상이 될 수도, 빗나갈 수도, 덜할 수도 있는 미지의 앞날을 의미한다는 것이 선생님이 말씀주신대로 이름의 의미가 태생 후 지금까지, 그리고 앞으로도 쭉 저의 걸음걸이에 녹아져 있지 않나 싶습니다.

저는 사회가 가지고 있는, 특히나 한국, 서울에서 일반화된 시나리오를 제 삶에서 배제시키려 합니다. 그러다보니 하고 싶은 말, 하고 싶은 것, 싫은 것, 옳지 않은 것에 대한 표현이 참 편합니다. 물론, 항상 겸손은 필요하지요. 지구상 모든 개인은 모두 다른 삶을 살아왔고 각자만의 관점과 신념을 지니기 때문입니다. 헌데 개인주의가 극대화되는 요즘 현대인들은 여럿 내에서 상대에게 유쾌히 입을 열기보다는 머릿속으로 상대에 대한 계산을 열심히 두드리기 바쁜 듯합니다. 관계를 시작하는데 겁을 내고, 관계를 끝맺는 것도 두려워하다 결국 흐지부지 애매해지기 다반사, 유쾌히 툭 말을 내뱉는 것을 왜 이리 사람들은 두려워하는지요.

과거는 이미 보여진 것들이기에 정답이 있을까요? 그러하다면 과거를 기반으로 현재와 미래의 정답을 내릴 수 있는 걸까요. 어제와 오늘의 날씨도, 인구수도, 입는 옷가지도 달라지는데 말입니다. 고로 내일도 예측이 안 될 터인데, 당장의 꿈과 행동들로 결정짓기엔 미래를 구성 짓는 요소들은 너무나도 무한한 듯합니다. 위 김성탄님의 시처럼 지금은 지금인대로 유쾌하게, 슬플지언정 유쾌하게, 아플지언정 유쾌하

태미사변

게, 기쁨에도 유쾌하게! 선생님의 '무지코'에서 읽은 미국 시인 에즈라 파운드의 시에서 '죽은 셈 치면 매일매일이 덤'이라 하였지요. 오늘 하루 털털이 즐긴다면 덤으로 다가온 내일 아침 뜬 눈으로 바라본 천장마저도 또 얼마나 호탕하게 유쾌할지요. 먹먹함 없이……

선생님이 보내주시는, 아니 마치 호탕한 음색으로 읽어주시는 듯한 글귀들에 매일이 너무 유쾌하여 저도 모르게 지하철에서 괜스레 웃게 됩니다. ㅎㅎㅎ

20170318

김미래 드림

부모와 자식,
서로의 몫은 무엇일까요

제가 하고자 하는 바에 항상 기를 불어넣어주시는 글귀들인 것은 이 위안처의 제공자, 선생님. 엄마의 전화를 받고 눈물을 찔끔거리다 선생님께라도 주절거리고 싶어 메일 적습니다.

이번 4월 중순에 제가 운영하고 있는 의류브랜드가 바이어들을 대상으로 하는 브랜드페어에 참여하게 되어 오늘 그 설명회를 다녀왔습니다. 의류브랜드로써 참가하는 첫 행사인 만큼 설렘에 벅차 샘솟는 에너지를 안고 어머니께 전화를 드렸죠. 사실 저희 부모님은 제가 학교 아닌 다른 일들을 하는 것을 몹시 싫어하십니다. 서울대를 간만큼 공부와 졸업에 집중하고, 그 후 안정된 직장에 들어가 안정된 돈벌이를 하

태미사변

길 바라십니다. 하지만 항상 제 가슴이 뛰는 대로 살다보니 이런 저를 항상 꾸짖으십니다.

대학 안 나온 사람도 할 수 있는 옷장사를 왜 서울대까지 나와서 하려는 거냐. 학교 졸업도 안 한 상황에서 사업을 하면 사회에서 너를 인정해줄 것 같느냐. 고졸인데……. 사업한다 하고 돈벌이 제대로 하지도 못하면서 그걸 왜 하느냐. 서울대를 갔으면 서울대답게 공부하고 살아라.

매번 듣는 바, 이젠 귀에 딱지가 배길 정도입니다. 지금까지 좋은 일이 생기면 항상 부모님께 먼저 말씀드리고 자랑스러운 딸이 될 수 있음에 기뻐하였는데, 부모님의 항상 첫 번째 기준은 공부, 나아가 안정된 삶이기에 이를 벗어난 일들은 모두 부모님껜 쓸데없는 일이 됩니다.

오늘은 설명회에 다녀오며 '이번 페어, 한번 재밌게 한판 놀아봐야겠군!'이라며 에너지 넘치던 중 어머니께 전화 드렸더니, 도대체 너는 뭐하는 사람인지 모르시겠다며 지방에서 서울대 올라가 주변 사람들이 큰 딸 뭐하고 지내냐 물으면 어머니는 이렇게 답하신다 하시더군요. "공부 못해서 졸업 아직 못했어."

매번 듣는 바이지만, 그저 하고 싶은 것에 열심히 땀 흘리며 아름다운 꽃을 피우고자인데, 그 꽃이 진달래일 수도, 튤립일 수도, 배추꽃일 수도 있는바, 어머니가 보기에 저는 뭐 그리 못나 보이는 걸까요. 저를 낳아주시고 길러주신 부모님을 사랑하지만, 제가 피우려는 꽃을 미워하시는 부모님이 너무 밉습니다. 선생님께서 '무지코'에서 그러셨죠. 자식은 부모의 액세서리가 아니라고. 그들에게 주입하고 강요하는 것은 욕심이라고……. 선생님. 미워도 부모님이기에 사랑합니다. 이런 말을 하고 있음에도 혼란스럽고 마음이 아픕니다. 마음이 아프다는 것은 그만큼 사랑하기 때문일 텐데.

오늘 만큼은 그냥 내면의 어린애가 되어 펑펑 울부짖고 싶을 뿐입니다.

20170322
김미래 드림

친애하는 김미래 님께

옆에 있다면 꼬옥 안고 토닥거려주고 싶네요. 내 인생 80 평생에 난생 처음으로 말과 마음이 통하는 김미래 님과 세 가지 소제로 얘기를 좀 나눠보겠습니다.

1. 부모와 자식의 관계

우리 몸은 부모의 몸을 빌려 태어났지만 우리 마음과 정신 또는 혼은 하늘과 땅, 온 우주 코스모스의 기氣를 받아 생겼다고 믿습니다. 이를 일찍 깨달은 사람들은 하나같이 가족들로부터 인정을 받지 못하고, 예수나 석가모니처럼, 또는 소크라테스나 톨스토이같이 가출할 수밖에 없지 않았을까요.

2. 결혼과 사랑

동물 아니 생물적인 번식을 위해 필요한 하나의 형식이 결혼이라면, 이는 어디까지나 동물을 가두는 우리에 불과할 테고, 일종의 소유 내지는 노예제도라고 봅니다. 반면에 참다운 사랑이란 샘솟는 샘물처럼 자연스럽게 흐르는 것이거늘 이를 웅덩이에 가둬놓으면 썩을 수밖에 없고, 창공을 나는 새를 새장에 가두면 새를 죽이는 일이 되며, 향불처럼 하늘하늘 피어오르는 봄 아지랑이를 어떻게 막을 수 있단 말입니까?

3. 레벨과 타이틀

우리 몸이 똥자루라면 우리 맘은 먹기에 달렸다고, 먹기보다는 심

고 품고 낳기에 따라서 천하거나 귀하게, 추하거나 아름답게, 전혀
다른 삶과 세상이 되지 않던가요. 그 자루에 어떤 레벨과 타이틀을 붙
여 놓든 상관없이 말이지요. 아, 어쩌면 그래서 도스토예프스키도 이
렇게 말했는지 모르겠군요.

"삶이야, 삶이 문제야, 삶만이(삶을 발견하려는 지속적이고 영원
한 과정 말이지) 그리고 그 발견 과정 자체가 아니고! It is life, life that matters, life
alone(the continuous and everlasting process of discovering it)and not the discovery itself!"

여기서 그가 말하는 '삶'이란 '사랑으로 숨 쉬는 순간순간의 삶'을
뜻하는 것이었겠지요.

망언다사

20170323
이태상 드림

태미사변

친애하는 선생님

혼자 꾹꾹 담다 삐져 흘러 선생님께 그냥 수도꼭지 열고 줄줄 흘려
드렸는데, 그리 흘려드린 어제의 저를 칭찬하고 싶습니다.

선생님의 말씀에 큰 위안이 됩니다. 자꾸 합리화하려는 위안은 오
히려 독이 될 수도 있지만, 그간 '이런 게 삶이 아니겠어. 내 식대로'
라 여겼지만 '이런 게' '내 식'이 그래서 도대체 뭔지 공유하고 파헤칠
수 있는 사람들이 흔치 않아 흐릿해왔던 바를 선생님께서 서서히 선
명히 해주시니 합리화가 아닌 진실된 위안이 됩니다. 선생님이 말씀
주신 3가지 소재로 저도 얘기 나눠 볼게요.

1. 부모와 자식의 관계.

제가 이 세상과 우주에 존재할 수 있게 함은 부모님 덕이기에 감사
할 따름입니다. 존재하지 않았다면 이 소중한 순간과 시간들을 알지
도 느끼지도 못했을 테니까요. 하지만, 제가 부모님의 보호와 지휘
아래 살던 청소년기가 끝나고 난 20살 이후에 만나게 된 세상은 그간
보았던 세상 그 이상이었습니다. 물론 청소년기의 저도 저이고 지금
저의 한 부분이지만 순간순간 마주하고 생각하고 정립시키며 그것이
변모했을 수도, 다른 요소들이 추가가 되었을 지도요. 시간이 지나면
지날수록 부모님이 받아들이는 세상, 그리고 우주와 제가 보고 흡수

하는 그것은 점점 달라질 터인데, 부모님도 분명 그것을 느끼시며 지금의 연세가 되신 것일 텐데 자신들이 살아가는 우주에 저를 밀어 넣으려 하시는 건지. 부모님에 대한 사랑, 그리고 감사는 항상 가슴속에 지니겠지만, 다리는 제가 움직이는 대로 움직여 보렵니다.

2. (결혼과) 사랑

샘물처럼 흐르도록 하는 것이 참사랑……. 어머님이 제게 하는 사랑의 샘물이 흘러가는 방향이 지금의 방향인거면 어쩌지요. 그러하다면 전 그 샘물이 고여 있는 저수지가 되어야만 하는 걸까요. 그럼 그 물은 흐르지 못해 녹조가 낄 텐데요. 마음의 위안을 줄 수 있고 물을 정화시킬 수 있는 것은 가끔의 비뿐일까요. 그 어느 댐이 가로막던 간에 제 샘물만큼은 그 힘이 어마무시 하여 다 뚫어버리고 싶습니다.

3. 레벨과 타이틀

삶에 레벨과 타이틀을 두는 것은 자신을 옭아매는 일입니다. 레벨과 타이틀을 따지는 순간 더 뻔쩍거리는 그것을 얻기 위해 허황된 나, 결국 다수의 타인과 사회를 기준으로 보이기에 아름답고 위대한 '나'아닌 가짜의 '나'가 되는 게 아닐까요. '나'의 겉 포장지를 꾸미는데 급급하여 진정으로 아름다운 자신의 내면을 보지 못한 채.

사업을 하다 보니 브랜드의 타이틀과 그 대표로서 사람들에게 멋있게, 있어보이게 비추어질 수 있는 겉표지를 모두가 따집니다. 전 아직 초기이기에 "아직 넌 레벨이 안 돼"라는 말을 듣고 좌절하다가도 '도대체 너희들이 정립시킨 레벨이 뭐길래. 그 레벨의 정확한 지표도 없으면서'라고 혼자 꿍얼대다 속말로 '엿 먹어라'하며 하고 싶은 대로 해버립니다. 제 또래친구들이 취업을 하기 시작하면서 '삼성, 신세계, LG, 명품브랜드' 등의 타이틀을 서로 비교하기도, 가끔은 갖기 부끄러운 타이틀이라며 더 나은 타이틀을 얻기 위해 자신의 레벨을 높이기도 합니다. 자신들이 원하는 삶의 과정 중 하나이고 그것을 이루었기에 절대 무시하는 것은 아닙니다. 허나 그저 타이틀을 떠나 본인 자체로 움직이고 타인 또한 그 자체로 바라볼 수 있어야 할 텐데요.

하하 저도 망언다사 쓰고 싶습니다.

망언다사

20170323

김미래 드림

친애하는 미래 님

칼릴 지브란의 시 '예언자^{The Prophet}' 함께 읊어 보아요.

당신의 애들이라 하지만
당신의 애들이 아니리오.
언제나 스스로를 그리는
오로지 삶의 자식이리니.
당신을 거쳐서 왔다지만
당신에게서 생겨난 것도
당신의 소유도 아니리오.
애들에게 사랑은 주어도
생각을 줄 수 없음이란
그들 생각 아주 다르고
내일을 꿈꾸기 때문이리.

당신이 활이라고 한다면
애들은 당신의 화살이니
그 어떤 과녁을 겨누고
힘껏 활시위 당겨질 때
당신 구부러짐 기뻐하리.

태미사변

망언다사

20170325

이태상 드림

귀인

친애하는 선생님

　제가 제 것을 시작할 수 있도록 아낌없는 조언을 주신 또 한명의 귀인이 계십니다. 모든 사람은 항상 자신만이 가지고 있는 특징이 있고, 그것을 사소한 것이라고만 여기지 말고 극대화시킬 수 있는 사람이 되라고 말씀하셨었습니다. 마치, 선생님의 책에 인용된 미국의 한 어구, '계란이 있다면 오믈렛을, 레몬이 있다면 레몬에이드를 만들어라.'가 아닐까요. 그 분은 제가 가지고 있는 특징들을 예시로 조언 주셨고, 그렇게 저녁 6시부터 새벽 6시까지 이야기를 나누었습니다. 집에 들어가서도 미친 듯이 뛰는 심장이 주체되지 않아 잠에 들지 못하였고, 메모를

　　　　　　　　　　태미사변

적으며 큰 다짐을 하였습니다. 그분을 못 만났더라면 제가 아닌 다른 이의 삶을 살고 있었을지도 모릅니다.

그분도 참 재밌는 인생을 사셨습니다. 천방지축 소년시절부터 가야금과 피리를 연주하셨고 인간문화재인 분들과 국악공연을 하며 전국을 도셨답니다. 그렇게 20대 초에 무형문화재가 되시어 평생이 보장된 국악원에 들어가셨지만 그곳에서 많은 회의감을 느끼고 나오셨다고 합니다. 그렇게 종이를 잘라 자신의 이름과 번호를 적어 무작정 돌아다니며 명함이라 드리며 도움을 구하는 것을 시작으로 그분의 사업은 시작되었지요. 지금은 한 회사에서 현대 국악 팀과 의류브랜드 2개를 운영하시며, 제주도 문화사업을 추진하고 계십니다.

사업가라 하면 돈 욕심이 어마무시하다는 편견이 있지요. 제가 제 사업을 하는데 돈 걱정을 안 하는 데에는 돈이 많아서도 많이 벌려서도 아닙니다. 초기에 그분이 말씀하시길, "돈 욕심 내지 마라. 욕심을 버리다 보면 오히려 들어오는 법이야. 네 이익 챙기자고 옷을 비싸게 팔지도 말고 남에게 베푸는 것에 아까워하지 마라." 말씀대로 돈 욕심을 버려보았습니다. 통장 잔액이 어떻든 숫자에 연연해하지 않아보았습니다. 제 마음은 편안해지고 편안하니 일은 더 잘되고 잘 풀리더군요. 그 마음가짐 지금도 변치 않고 앞으로도 그렇게 살려합니다.

올해 33살이신 귀인님은 이 까발려지기를 두려워하는 편파적인 세상 속 자신의 길을 당당히 걷고자 하십니다. 모든 어른에게는 내면에 '어린애'가 있다 하셨죠. 이 분은 그 '어린애'가 자유로이 뛰어놀 수 있는 잔디마당을 가지신 듯합니다. 또한 항상 겸손을 잊지 말라 말씀하십니다.

"항상 겸손히 대하여야 한다. 이분이 어떻게 살아왔는지는 우리가 그 가치를 절대 알지도, 매기지도 못한다. 그러하니 모든 사람은 존중받아야 하고, 따라서 우리는 그것을 염두에 두어 겸손의 자세를 취해야 한다. 겸손으로 마주할 때 비로소 내 자신도 존중받는 존재가 될 수 있다는 것 잊지 말아라."

오빠는 사무실 의자에 앉아 가끔 말씀하십니다. "아이슬란드의 오로라를 꼭 한번 보고 싶다. 자연과 하나가 되는 그 기분은 어떨까."라고.

아, 오로라! 전 정말 행복한 사람입니다. 귀인을 두 분이나 만나다니! 우주가 제게 오로라를 하사하시어 아름다이 휘감아주는 듯합니다!

20170323

김미래 드림

경애하는 김미래 님께

　제가 평생토록 '구도자'의 길을 걸어오다 보니 80 고개를 넘어서야 '도인' 아니 '도사'님을 그것도 한 분이 아니고 두 분이나 만나게 되는군요. 전 어려서부터 어린애가 어른의 스승 아니 '하나님'이라고 생각해왔는데 이제 보니 그런 하나님을 두 분을 찾게 되었는가 봅니다. 한 분은 너무도 존경스러우신 '오빠'되시는 '남신'이시고, 또 한 분은 '누이'되시는 너무 너무도 어여쁘고 똑똑하며 훌륭하신 '여신'이십니다.

20170323

이태상 드림

시각과
관점

친애하는 미래 님

영어 속담 하나 우리 함께 좀 음미해 봐요.

"Eyes are made to be looked from, not at."

김미래 님이 이 속담을 어떻게 이해하고 해석하시는지 듣고 싶네요.

20170324

이태상 드림

태미사변

친애하는 선생님

"Eyes are made to be looked from, not at."

선생님, 이 속담을 읽으며 처음엔 from과 at의 차이를 먼저 생각해보았습니다. 단순히 사람의 눈을 보는 것이 아니라 눈을 통해 그 사람의 내면을 보라는 뜻 아닐까요. 즉슨, 그 사람의 눈이 갈색이든, 검정색이든, 파랑색이든 그저 바라보는 것이 아니라 눈빛, 눈의 떨림 등이 말하는 무언가를 봐야한다는.

간절할 때, 슬플 때, 기쁠 때의 눈은 자세히 보면 그 떨림과 동공의 크기는 다르지요. 그 눈빛을 보았다면 그 사람의 순간의 내면을 조금이나마 이해할 수 있을 것이고, 그저 얼굴의 일부로써 눈을 바라본다면 그 사람의 생김새 이상으로는 보기 힘들겠지요.

전 여기서 '겸손'이라는 단어를 말하고 싶습니다. 처음 본 사람이든, 오래 본 사람이든 그 사람의 삶을 어찌 알겠습니까. 그 사람의 외향, 나이, 성별 등으로 판가름지어 대하는 것만큼 건방지고 불쌍한 태도는 없지요. 힘든 삶을 살았을지 위대한 순간을 경험했을지, 나보다 뛰어난 부분이 있을지는 외향으로는 알 수 없으니까요. 그래서 겸손은 모든 것의 시작이자 끝이라 생각합니다. 신이 아닌 이상 그 사람의 내면을 시각으로 볼 수 없으니 '겸손'이라는 점퍼를 걸친 '진심'이라는 어린애를 내세워 상대를 바라보라는 의미로도 해석할 수 있지 않을까요. 횡설수설 하하

20170324
김미래 드림

친애하는 미래 님

정말 하나를 보면 다 알 수 있다고 '추일사가지推一事可知'란 말이 있고, 불경에는 평상시에 품은 마음이 곧 도라고 '평상심시도平常心是道'라는 말도 있지만 미래님의 이해와 풀이는 참으로 경이롭도록 심오하고 명철하시네요.

흔히 서로 마주 보며 눈싸움 또는 기싸움하면서 상대방을 제압하거나 의심 내지 기피하기도 하지만, 상대방의 내면을 관찰하면서 '겸손이라는 점퍼를 걸친 진심이라는 어린애를 내세워 상대를 바라보는 의미'로 해석하심이 놀랍습니다. 제가 보기에 이 속담의 point는 김미래 님의 지적처럼 from과 at, 주격과 목적격의 차이로, 미국 작가

헨리 밀러^{Henry Miller}(1957)의 말처럼 "어느 누구의 여행에서든 그의 행선지는 결코 그 어떤 장소이기 보다는 여행자가 사물을 바라보는 하나의 새로운 시각과 관점이다. One's destination is never a place but rather a new way of looking at things." 라고 할 수 있지 않을까요. 아, 그래서 내가 '어레인보우' 영문판 'Cosmos Cantata: A Seeker's Cosmic Journey의 Afterword: All's Wondrous Serendipity'에서 언급했듯이, "여행기는 여행지에 관한 기록이기보다는 여행자 자신에 관한 것이다. We can take a hint from a truism that a traveler's writings say more about the traveler than about the place travel to." 라고 말할 수도 있지 않겠습니까.

20170325
태상 드림

아이슬란드의
오로라

친애하는 선생님

　제가 좋아하는 뮤지션에 대해 말씀드리고 싶습니다. 아이슬란드의 밴드, Sigurros입니다. 그들은 자신들이 '희망어'라는 언어를 창조하여 의미를 알 수 없는 말로 노래를 부릅니다. 의미를 알 수 없기에 측정 불가능한 우주의 무한함을 들려줍니다. 그래서 전 아이슬란드는 지구 내 우주라 꿈꿉니다. 작년 11월, 이들이 내한을 하였었습니다. 전 2달 전부터 예매를 하여 그들을 볼 날을 손꼽아 기다렸지요. 항상 이어폰으로만 듣던 그들의 음성을 직접 듣는 그때, 마치 허공에 떠있는 기분이었습니다. 유니콘의 꼬리를 본 듯 했습니다. 그 꼬리는 무지개 색에 따스한 파스텔 톤을 입힌 지구상에서는 볼 수 없는 비단 이상의 찰랑임이었습니다. 극치의 아름다움의 전체를 보지는 못했지만, 세속을 벗어난 저 멀리 이상세계를 보고 싶은 저의 간절함에 그들의 노래가 유니콘의 꼬리를 볼 수 있게 허용한 듯합니다. 그 공연장 안의 공기와 소리는 이 세상의 것이 아니었습니다.

Sigur Rós - Hoppípolla, 한번 들어보셔요! 도대체 그들이 태어난 아이슬란드는 어떠한 곳이기에 저들은 저리도 많은 것을 말할 수 있는 걸까요. 정답도, 오답도 없는 그저 평생 의문점으로 남을 무한함을.

20170325

김미래 드림

경애하는 미래 님

주말까지 기다릴 수 없어 점심시간 직장 앞 길 건너에 있는 공원에서 봄비를 맞으며 SigurRós-Hoppípolla를 듣다 돌아와 몇 자 적습니다.

저더러 한번 들어보라며 "도대체 그들이 태어난 아이슬란드는 어떠한 곳이기에 저들은 저리도 많은 것을 말할 수 있는 걸까요. 정답도, 오답도 없는 그저 평생 의문점으로 남을 무한함을."이라고 메일을 끝맺으셨는데, WOW! 이처럼 종교철학적으로 영적spiritually이면서 시적으로poetically 아름다운 우주의 신비를 절묘하게 묘사한 말과 글을 제가 이제까지 살아오면서 들어 본 적이 없답니다. 진정으로 경탄의 탄성을 내지르며 진심으로 경배해 마지않을 뿐입니다. '제 눈에 안경Beauty is in the eyes of the beholder.'이라 하듯이 '음악도 듣기 나름Music, too, is in the ears of the listener.'라고 할 수 있을 테니까요.

흔히 꿈보다 해몽이라 하고, 영어로는 '느낌의 지각이 현실Perception is reality'이라 하지만, 김미래 님의 증언은 다름 아닌 김미래 님 자신의 자서시요 자작 초상화가 아니겠습니까. 미래 님의 귀인 오빠께서도 사무실에 앉아 말씀하신다고 했죠. "아이슬란드의 오로라를 꼭 한번 보고 싶다. 자연과 하나가 되는 기분은 어떨까."하고 하면서 "우주가 제게 오로라를 하사하시어 아름다이 휘감아주는 듯합니다."라고 하셨지만 실은 그 정반대인 것 아닐까요. 미래 님이 우리 두 사람의 오로라일 테니까요! 아니 우리 모두가 오로라 무지개배를 타고 무궁무진 억겁무량의 코스모스 바다로 환상적이랄지 몽환적이랄지 황홀한 여행을 하고 있는 코스미안들이 아니겠습니까? 그러니 아이슬란드뿐만 아니라 한국을 비롯해 세계 곳곳이 '지구 내 우주' 코스모스 동산이란 말이지요. 우리 각자가 오로라임을 자각할 때 이 꿈이 현실이 되는 것이겠지요.

퇴근 시간이라 이만 줄이겠습니다.

20170325

이태상 드림

친애하는 선생님

저뿐만 아니라 제 귀인님께도 선생님은 이미 아름다운 오로라이십니다! 오빠에게 선생님의 이야기와 글을 보여드렸습니다. 저를 풍요롭게 감싸는 수호신의 선생님의 글이 오빠에게도 아름다운 수호신이 되어 에너지를 전달해 줄 수 있을 생각에. 오빠가 선생님께 전하고 싶다 답신 주셨습니다.

"20살 나에게 오로라였던 , 신사동 가로수에서 잔잔한음악과 아메리카노한잔 , 그리고 눈물과 마주치게 해주는 글귀가 , 또다른 오로라를 보게해주네요. 우리자신이 오로라일수도있겠다는 생각에, 맑아지고 힘이납니다."

　오빠는 항상 글을 쓰실 때 문법적인 쉼표와 띄어쓰기를 무시하시고 숨을 두고 싶은 곳에 쉼표를 두고 의미를 하나로 통합하여 들려주고 싶은 단어들을 붙여 적으십니다. 그래서인지 오빠의 Instagram 게시글과 카카오톡 메시지로 진중히 보내주시는 글은 읽을 때마다 왠지 모를 이상한 기운을 맴돌게 합니다. 마치 시인 이상이 말의 속도감을 시에 표현한 듯 질주하다가도 쉬어가지요.

　오랫동안 감성이 뭔지, 그게 돈 벌고 일하는데 뭐가 중요하겠느냐며 글자를 단순히 글자로만, 사물도 그저 그 사물대로만 봐왔던 저에게 선생님은 현실 그 이상의 세계를 선사해주셨습니다. 오로라가 아름다운데에는 한 가지색이 아니라 다양한 색들이 오묘히 조화를 이루며 출렁이기 때문이겠지요. 선생님이 '김미래'의 색에 '이태상'의 색을 조화시켜주시어 서로가 한층 더 아름다워짐과 같이, 저도 아름다운 오로라에 제 색의 빛을 비출 수 있는 사람이 되겠습니다.

20170325

김미래 드림

태미사변

관심
종자

친애하는 미래 님

'코스미안 어레인보우'의 소제小題 '꽃과 무지개'에도 인용한 한 구절 옮겨드립니다.

"마땅히 우리 모든 사람 속에 살아 있을 어린애 코스모폴리탄 순례자(코스미안)를 옛 소련의 천재 소녀 시인 니카 투르비나^{Nika Turbina}(1974~2002)가 대변하는지 모르겠다."

날 무섭게 하는 것은

무관심이에요.

사람들의 냉담한 무관심이

세상을 삼킬 것만 같아요.

작은 우리 지구를,

우주 한 가운데서 뛰는

이 작은 심장을

Three lines from Nika Turbina's words as quoted in TIME, November 23, 1987

20170326

이태상 드림

친애하는 선생님

내일 새 시즌 옷들의 룩북 촬영이 있어 머리가 지끈한 도중 선생님께 메일을 쓰는 시간이 간절하였습니다.

태미사변

Nika Turbina의 삶은 왜 저리도 짧았던 건지요. 마음이 아픕니다. 그녀가 말하는 무관심을 읽어버리니 더 마음이 저립니다. 고동색 머리와 눈썹의 저\예쁜 소녀를 애처로이 보이게 하는 것은 무엇일지요. 무관심인 걸까요. 사람은 모두 다르고 각자의 길을 걷는다지만 결코 혼자일 수는 없나 봅니다. 기쁜 일은 함께 기뻐해줄 수 있고, 슬픈 일에 함께 눈물지을 수 있는, 아니, 눈물지어주는 것도 큰 바람일 것이고 그것을 들어줄 수 있는 사람이 곁에 있다는 것은 굉장히 큰 축복이겠지요. 그렇게 공유하였을 때 생기는 예측 불가능한 오묘한 힘은 혼자서는 절대 만들지 못하는 신비한 것인 듯합니다.

요즘 사람들이 말하는 '관심종자'라는 게 있습니다. 줄여서 '관종'이라 하지요. SNS에서 자신의 모든 일상을 올리고, 자신이 아름답게, 멋지게 나온 사진들을 올리는가 하면, 지칠 대로 지쳐버린 자신의 상황을 올리는 사람도 있습니다. SNS는 어찌 보면 독이 될 수도 있지만 전 관심을 필요로 하는 외로운 자들의 작은 외침의 구멍이 아닐까 생각합니다. 한번은 저도 한 언니에게 '넌 외로운 사람인 게 보여. 너의 감정을 인스타그램에 업로드 하잖아'라는 말을 들었습니다. 저만해도 저의 감정과 현 상황을 사람들에게 외치고 싶나봅니다. 특히 분노할 정도의 불의를 마주하거나, 가슴이 매우 먹먹해질 때, 누군가에게 일대일로 말하기는 괜히 미안스러워 눈치 보일 때 SNS를 이용합니다. 가끔은 다른 사람들은 나의 생각을 어떻게 받아들일까 하는 궁금함도 있고요. 아무리 강단 있게 내 길을 걷고자 하지만 저도 어쩔 수 없는 '관심종자'인 듯합니다. 특히나, 바쁜 일상 속 자신을 감추려는 현대인들은 일대일로의 직접적인 교류를 점점 어려워하면서 혼자 집에서도 자신을 표출할 수 있는 해방구인 SNS를 더욱 활발히 이용합니다. 그게 가끔은 독이 되지만요. 독을 먹어서라도 관심을 바라는 것이 사람인 듯합니다.

작년 여름 즈음, 몸이 안 좋아 호르몬에 문제가 생겼을 때가 있었습니다. 워낙 건강에 무감각한지라 평소처럼 지내고 있었지요. 헌데 어느 날, 제 자신이 주체가 되지 않을 정도로 혼란스러웠고 혼자 새벽까지 소주와 맥주를 마시며 꺼이꺼이 울었습니다. 특정한 이유 없는 발악이었고, 새벽이기에 그 혼자서의 외로움을 주체할 수가 없었습니다. 그 때, 전 순간적으로 자해를 결심하고 칼을 들었지만 제 핏줄은 자꾸 피하려 살 속으로 끊임없이 도망쳤고 전 휘몰아치는 죄책감과 결국 제대로 하지도 못할 것을 시작해버린 제 자신이 부끄러워 칼을 내려놓았었지요. 그 때 제가 울부짖으며 무의식에 했던 말들이 기억납니다.

'다 보고 싶다. 그냥 내가 좋아했던, 좋아하는, 보고 싶은 사람들 모두 보고 싶다. 내가 몸져눕는다면 모두를 볼 수 있지 않을까. 아! 보고 싶다!'

그렇게 울부짖다 새벽 3시에 중국 상해행 비행기 표를 끊고 아침 7

시에 집에서 나와 인천공항으로 향했었죠. 무관심과 그에 따른 사무치는 외로움은 내 의지를 파괴시켜 극단적인 행동을 낳았습니다. 상해에서 돌아와 아무래도 몸이 이상하여 병원에 가보았더니 수술을 해야한다하여 가족 몰래 수술을 치루고 다음날 바로 회사에 출근했었지요. 지금은 그저 다 증발하여 제 머릿속에 둥둥 떠다니는 물 입자일 뿐입니다. 하지만 그때는 제 내면에 몰아친 폭풍우였고 그 폭풍우를 잠재울 수 있는 것은 누군가의 따뜻한 관심이었던 듯싶습니다. 제 안의 비밀을 선생님께 또 조잘조잘했네요.

'어레인보우'에서 읽을 수 있었던 선생님의 가슴 아팠던 젊은 시절의 극단적인 행동의 순간도 코스모스의 관심이 부재하였다는 무관심에서 온 것이 아니셨는지요. Nika Turbina의 짧은 생, 그리고 어린 나이에도 저리도 천재적인 글을 쓸 수 있었던 건 관심이라는 단순한 두 글자의 단어이지만 이에 미친 듯한 갈망 때문은 아닌지요.

20170327

김미래 드림

경애하는 김미래 님

"그렇게 공유하였을 때 생기는 예측할 수 없이 오묘한 힘은 혼자서는 절대 만들지 못하는 신비한 것인 듯합니다."란 이 진실과 진리로 어찌 이처럼 내 맘을 꼭 잡아 그대로 읽어주시는지 경악하다 못해 경기가 일어나네요. 나 또한 아주 어렸을 때부터 그리움 사무치는 '관심종자'로 평생토록 살아오다 다 늦게나마 이토록 기적 이상의 엄청나게 큰 보상을 김미래 님으로부터 받게 될 줄이야 꿈도 꾸지 못했던 일이랍니다.

화산이 폭발하듯 미래 님도 '혼자서의 외로움을 주체할 수가 없어' 그토록 발악하듯 질풍과 노도의 시련도 겪으셨네요. '아! 보고 싶다!'는 울부짖는 나의 외침이기도 합니다. 미래 님의 표현대로 미친 듯한 갈망이지요.

20170326

이태상 드림

태미사변

산다와
걷다

오늘 동대문 시장에 다녀오는 지하철에서 한 분이 읽는 책 겉표지가 보였습니다. '어떻게 살 것인가' 작가 유시민의 책이었습니다. 전 저 책이 뭔지도 어떤 내용인지도 모르지만 '살 것인가'라는 단어에 꽂혔습니다. 산다는 것. 산다. 살아간다. 저만 그런 걸까요. '살다'는 단어는 왜 알 수 없는 강요와 압박을 주는 듯 넓은 의미를 내포하는지요.

'왜 사니? 뭐 해먹고 살거니?'

사람들은 '살아간다.'는 것에 부담을 느끼는 것 같습니다. 왠지 저 단어에는 투철한 인생 플랜이 담겨 있어야 할 것만 같거든요. 당장의 내일도 예측이 안 되는데 어찌 미래에 대한 알찬 플랜을 내 자신이 확신하겠습니까. 그래서인지 전 '걷다'라는 단어가 더 좋습니다. '걷다'라는 단어는 제 두 다리로 빠르게 걷든 느리게 걷든, 그 사람의 걸음걸이에 따라 팔자걸음이 될지도 런웨이의 모델 같은 캣워크가 될지 모르기에 정해지지 않은 자유로운 앞으로의 행보를 뜻하는 건 아닐까요. '걷다'는 앞으로의 행진을 내포하기에 '살아보세'보다 '걸어보자'가 더 전진적인 의미를 가져와주는 것 같습니다. 걷는 중 발이 바닥에 닿다가 공중에 떠있는 그 잠시에 숨을 돌릴 수 있기에 편안하며 다음 걸음걸이는 어떻게 내딛어볼까 신이 날지도요.

'잘 살아보세!'보단 '잘 걸어보자!'가 전 좋습니다! 오늘 하루 내딛었던 걸음 하나하나에 그 순간들에 내 생각들이 담길 테고, 내일의 걸음들에는 어떤 순간의 제가 담길까 너무 궁금합니다! 선생님은 '걷다'라는 단어에 대해서 어떻게 생각하시는지요.

모든 일정을 끝내고 지하철역에서 집 앞 카페에 걸어오는 길 속 오늘의 걸음에는 선생님을 떠올리며 오늘은 무슨 얘기를 나눌까 고민하는 순간의 제가 담겨 있었습니다.

20170327

김미래 드림

태미사변

경애하는 김미래 님께

'산다'와 '걷다'

어떻게 이처럼 김미래 님과 내가 손과 발이, 몸과 맘이 착착 척척 촉촉 맞아 떨어질 수가 있는지 신기하고 기기묘묘하네요. '산다'는 사람과 물질, 사물을 그 대가를 지불하고 산다는 뜻도 될 수 있다면, '걷다'는 뿌리는 대로 거둔다는 의미도 되겠지요. 하지만 나는 '산다'라는 동사의 명사인 '삶'과 '걷다'라는 동사의 명사인 '걸음'을 또 이렇게 풀이해보고 싶군요. 삶이 사랑으로 숨 쉬는 한 숨 한 숨의 순간이라면, 걸음은 이런 '사랑의 삶'이란 길을 걷는 여정의 도道닦기라 할 수 있지 않을까요. 그리고 이렇게 걷기에 축지법縮地法이라도 연마한다면 김미래 님과 나 사이의 시간과 공간의 거리를 초월할 수가 있겠지요.

여기에 덤으로 사족을 하나 달자면, '걸음'의 동음이의어 homonym로 '거름'이 있지 않습니까. 너무도 기꺼이 나는 언제나 어디까지나 내가 아끼고 사랑하는 사람의 행복을 위한 걸디 걸은 '거름'이 되리란 얘기지요. 믿어주세요. 진심이니까요.

20170328
이태상 드림

선생님, 저는 전생에 무엇을 했던 걸까요. 너무 큰 공을 세웠었던 걸까요. 그래서 현생에 그 공에 대한 보상을 주는 걸까요, 아님 너무 힘들고 애처로운 삶을 살았기에 지금 제게 이런 축복을 주시는 걸까요. 저는 지금 제 현생을 살지만 선생님의 말씀을 통해 또 다른 따스한 노을 빛 아우라의 생을 사는 기분이랍니다.

삶을 사랑으로 숨을 쉬는 순간이라 하시며 걸음을 이런 사랑의 삶을 걷는 여정의 도라 하시는 선생님. '여정의 도' 여정. 여정을 떠나다. 어찌 보면 저는 '걷다'라는 표현을 통해 끝없는 삶의 여정을 떠나고 있다 느꼈는지도 모르겠습니다. 그 걸음의 길이 선생님이라는 '거름'에 잔디들이 폭신히 자라나 걸음이 더욱 가뿐하고, 화사하게 웃고 있는 수많은 꽃들로 아름다워집니다.

네, 선생님. '거름'은 냄새나고 꺼려져 겉보기엔 어떨지 모르겠지만 누가 알까요. 그 '거름'의 진심과 뜨거운 마음을.

20170329

김미래 드림

태미사변

방랑
혹은 도전

경애하는 미래 님, 방랑 혹은 도전에 대해 우리 생각해 볼까요.

왜 난 또 떠나는가. 스스로에게 묻는지 나도 잘 모르겠다. 익숙해졌다고 생각하는 순간, 인생은 보란 듯이 새로운 모험을 던져준다. 그래서 잠시도 한눈을 팔거나, 꾸벅 졸면서 나아갈 수 없는 것이 바로 인생이다.

하지만, 동시에 또 안다. 시간이 지나면 새로운 삶의 터전, 환경에 적응하고 또다시 익숙해질 것이라고. 시간이 좀 걸릴 뿐, 어디를 가나 인간사 큰 차이 없다는 것. 그 어디서든 마주하게 되는 삶의 보편적 모습이며, 결국 나의 모습이기도 하다는 사실을 안다.

여전히 이런 내 삶의 패턴의 근본 원인은 알지 못한다. 더 이상 궁금하지도 않다. 그것을 도전이라 부르든, 방랑이라고 부르든, 힘들어도 다시 처음부터 시작하는 삶을 기꺼이 선택하고 새로운 환경에서 최선을 다해서 사는 것. 내가 살아온 방식이자, 살고 있는 방식이다. 힘들고 어렵고 두렵지만, 또 어떤 새로운 삶이 펼쳐질지 흥미진진하기도 하다.

어차피 예상할 수 있는 삶은 없다. 닥치는 대로 살아내는 것, 그것이 내가 경험을 통해 배운 삶의 유일한 기법이다.

　　– 김진아 소셜 네트웍 광고전략팀장. 칼럼 '방랑 혹은 도전' 중에서

20170329
이태상 드림

　　　　　　　　　　　　　　　　　태미사변

친애하는 선생님,

보내주신 칼럼, '방랑 혹은 도전'을 읽고 적어봅니다.

저에게 도전과 방랑은 함께하지 않습니다. 도전을 하여 걷는 길은 방랑인지 직행인지도 분별할 수 없도록 일단 뛰고 보니까요. 그 도전에는 정확한 루트도, 종착점도 없습니다. 그저 달릴 수 있는 탄탄한 다리 근육과 고른 호흡, 종착점이 보이지 않더라도 길이 험하더라도 일단 뛰고 보는 무식한 마인드만 있습니다. 종착점에 무엇이 나를 기다리고 있을지를 기대한다면 더 빠른 지름길을 찾으려 현실과 타협할 것이고 뛰는 심장과 달리는 다리는 서서히 분리되지 않을까요. 그저 내달립니다.

방랑자. 네, 전 방랑자가 맞습니다. 한 곳에 머물러있지 않고 예측되지 않는 미지의 곳들에 있으니까요. 당장 오늘도 예측이 안 되기에 내일이 어떠할지 정의내리지 않으며 일단은 걷고 봅니다. 방랑하다보면 나도 모르는 순간 미지의 장소에 서있습니다. 그럴 때마다 미친 듯이 흥분되고 설레어 발을 동동, 아니 통통 굴리지요. 그러면 전 거기서 도전의 뜀질을 할 것인가를 제 자신에게 물어보기 시작합니다. 그 무엇도 아닌 본디 저에게요.

방랑 중 마주한 미지의 장소에서 전 도전이라는 뜀을 하기도, 그 곳을 떠나 또다시 방랑을 이어가기도 합니다.

20170331

김미래 드림

친애하는 김미래 님께

　우리가 이 세상에 태어난 것 자체가 도전의 축복이라면 이 도전의
연속이 순간순간의 방랑이 아닐까요. 어디서 왔는지 어디로 가는지
알 수 없지만 미지의 행로 자체가 도전인 동시에 방랑이 아닐는지요.
'아, 가도 가도 끝 간 데 몰라라, 와도 와도 닿는 데 없어라'가 아니겠
습니까. 시작도 끝도 없이 말이지요. 그러니 바로 이 한 순간에 과거,
현재, 미래가 다 들어있는 영원을 들이쉬기도 하고 내쉬기도 하는 거
겠지요. 이 도전, 이 방랑의 순간이 우리가 사랑의 숨을 쉬는 너무도
경이롭고 아름다운 도전이요 방랑이라 한다면 우리가 뭣을 하든, 어
디를 가든, 누구를 만나든, 아무라도, 아무 것이라도, 아무리 좋아하
고 사랑한다 해도 너무 너무 안타깝도록 부족하고 미흡하기 이를 데
없지 않던가요. 한 가지 일, 한 사람이 만사 만인의 축소판이라 한다
면 한번에 하나씩 취하도록 미치도록 죽도록 사랑해보는 게 삶의 방

랑이자 도전이라 믿습니다. 열 가지든 백 사람이든 천만 만만 마다 할 일 아니지요. 세상에 버릴게 하나도 없이 다 축복이란 말입니다.

20170401
이태상 드림

친애하는 선생님.

도전과 방랑의 순간이 '사랑의 숨'을 쉬는 경이롭고 아름다운 도전이요 방랑이라면 전 이 순간들을 마다하지 않으렵니다. 버릴 것 없이 다 축복인데 왜 마다하겠습니까. 제가 지금 마주한 것이 한 가지, 열 가지라면, 백 가지, 천만 가지인들 마다하지 않으렵니다. 그 순간들에서 영원을 들이쉬고 내쉬며 축복이라는 음악소리에 흥겨이 스텝을 밟아보렵니다. 많은 사람들과 함께 사랑의 숨을 서로 가쁘도록 들쉬고 내쉬며.

20170402
김미래 드림

Soul
in the Shell

친애하는 선생님

전 지금 Scarlett Johansson이 주연을 맡아 최근 개봉한 영화, 'Ghost in the Shell'을 보러갑니다. 그녀는 액션영화에서는 더할 나위 없이 매혹적이며 그 꼿꼿한 허리와 사뿐한 듯 바닥을 무너뜨릴 듯한 당당한 걸음은 같은 여성으로서 덩달아 씩씩해집니다. 그녀가 공중을 휘저으며 벌일 기묘한 액션에 취하며 후기 남기도록 하겠습니다. 하하

20170403

김미래 드림

친애하는 김미래 님

난 영화 'Ghost in the Shell'을 보지는 않았지만 그 제목이 아주 그 럴듯하네요. 나라면 'Ghost' 대신 soul mate 의 'soul'을 써 'Soul in the Shell'이라고 하고 싶지만 서도요. 하하하

태상 드림

친애하는 선생님

영화 'Ghost in the Shell'은 먼 미래에 인간의 뇌를 로봇에 넣은 로 봇 아닌 인간, 인간인 듯 로봇이 된 스칼렛 요한슨이 자신의 정체성을 찾아가는 영화입니다. Ghost는 자신의 것이지만 Shell은 미래 기술이 만든 그녀의 겉껍질이죠. 기술은 그녀의 Ghost마저 지배하려 했으나 그녀는 행동을 통해 진정한 자신을 찾습니다.

'우리는 기억이 우리를 정의하듯 기억에 집착하지만, 우리를 정의하 는 건 행동이다.'

이 영화의 Main Motto를 대변하는 대사입니다. 전 '나를 정의하는 것이 과연 행동 하나로 정의될 수 있을까?'라는 의문이 들었습니다. 영화 속 메이저(스칼렛 요한슨 역)는 지배당하기 전 자신의 고스트를 다시 기억하기 위해 스쳐 보이는 잔상들의 씨앗들을 찾아 움직였습니다. 만약 그녀가 미래기술이 강제로 주입시킨 기억에서 벗어나지 못하고 진정한 자신을 행동하지 않았다면 로봇 그 이상도 이하도 아니게 된다는 말일까요. 그저 생각하고 기억하는 것에서 그치지 않고 행동으로 움직여야 Real Mine이 되지요. 생각은 그저 생각으로만 남으면 그것은 진실이 아니다. 실천할 때 비로소 진실이 된다. 그 진실은 곧 자신의 일부가 되고, 자신을 알고 납득하는 과정의 요소들이 되겠지요.

생각에서 그치지 않고 그 이상의 생각을 펼쳐 선생님께 적는 이 시간들이 너무 귀하고도 진실됩니다.

20170405

김미래 드림

태미사변

친애하는 김미래 님

영화 제목 'Ghost in the Shell'을 처음 보는 순간 우리 '몸' 속에 담긴 '영혼' 곧 사랑이 떠올랐습니다. 우리 몸이 겉껍질이나 옷이라면 우리 맘과 정신은 그 내용물 실체라 할 수 있겠지만, 이것 또한 그 본질은 아니라고 생각합니다.

우리 맘이 욕심과 증오심, 또는 시기와 질투심으로 가득 차고 우리 정신이 기억에 사로잡히거나 생각이란 이념과 사상의 노예가 될 때, 우리 몸을 지배하는 건 온갖 잡신과 귀신이 아니겠습니까. 인명을 살상하고 자연생태계를 파괴하는 물질과 기계문명 말입니다. 우리의 정신이 기화하여 사랑으로 승화될 때 Ghost가 Soul로 변하면서 우리가 사는 세상이 추악한 혼돈의 카오스가 아닌 질서정연하고 아름다운 코스모스가 된다고 굳게 믿습니다.

우리의, 아니 우주만물의 최고지진, 최고지선, 최고지미의 본질은 사랑이란 말이지요. 그러니 이 사랑이란 말을 타고 우리 모두 제각기 각자대로 가수 '마야'의 노래 '나를 외치다'에서처럼 '나의 길을 간다고 외치면 돼'이지요.

너의 말에
흔들릴 나이더냐

친애하는 미래 님

   칼럼 글 '너의 그 한마디에 흔들릴 나이더냐!' 나누고 싶습니다. 세상을 사노라면 별 사람을 다 만나게 되고 별 소리 다 듣게 되지만, 보고 싶은 사람만 보고 듣고 싶은 말만 들을 뿐, 그 나머지는 '개야, 짖어라' 하면 되지요. 짖어대는 개보고 짖지 말라 할 수는 없는 일이니까요. 멀리 피하거나 귀를 막는 수밖에 없지 않겠어요.

   어느 날 지인의 카톡 대문들을 읽다가 한 문구 앞에 멈춰 섰다. "너의 그 한마디에 흔들릴 나이더냐!"

태미사변

우리는 가끔 다른 사람의 말 한마디에 휘둘리고 절망할 때가 있다. 사람들은 쉽게 자신의 가치관과 생각의 잣대로 남을 쉽게 판단하고 정죄하곤 한다. 많은 경우 그 사람의 정확한 형편과 상황도 잘 모르면서 보여지는 겉모습만으로 판단하여 조언을 던지기도 한다. 때로는 가깝고 친한 관계에 있다고 생각하는 지인이나 가족에게 사랑과 걱정의 마음이라며 어쭙잖은 위로나 충고의 한마디를 건네기도 한다. 그러나 내면 깊은 곳을 솔직히 들여다보면 시기나 질투심이 깔려있을 때가 종종 있음을 고백한다.

우리는 세상 사람들의 말하는 방식과 말투를 모두 통제하고 피할 수 없기 때문에 스스로 자신을 보호하는 법을 배워야 한다. 밖에서 날아오는 불화살이 나의 내면을 찌르고 상처를 주지 못하도록 마음의 보호막을 세우는 내면의 힘을 키워야 한다. 이를 회복력resilience이라고 부른다.

회복력을 키우기 위해서는 우선 긍정적인 자아의식을 갖도록 애써야한다. 자신의 단점보다는 강점을 찾아내고, 실수한 일을 확대해 보는 게 작은 성공의 경험과 잘했던 일들을 자주 떠올리며 '난 할 수 있는 사람'이란 생각을 머리와 마음에 심는 것이다. 그럴 때 우리는 누군가 던지는 아픈 말을 '너의 그 한마디에 흔들릴 나이더냐'라고 탁구공을 치듯 툭 쳐서 보낼 수 있을 것이다.

– 모니카 이 심리 상담사, 칼럼 '너의 그 한마디에 흔들릴 나이더냐!' 중에서

20170403

이태상 드림

친애하는 선생님

너의 그 한마디에 흔들릴 나이더냐!

하하, '나이더냐' 속이 시원한 말투입니다. 그럴쏘냐. 해볼 테냐! 사실, 요즘의 제가 가장 많이 고민하는 바입니다. 워낙 일반적인 삶을 부정하고 없던 샛길을 걷는 제게 요즘 들어 사람들은 많은 말을 합니다.

"미래 씨, 한 가지만 집중해요. 아직 더 배워야 할 것 같은데, 더 공부하고 하세요." "아니 대기업도 안다녀 본 사람이 무슨 사업을 한다고" "미래 씨는 너무 날카로워. 할 말 다하더라고. 정말 섭섭해. 난 미래 씨가 A라고 믿었는데 B더라고."

태미사변

하하하하하하! 듣는 순간 저는 '뭐래. 내가 뭘 하든 내 인생 내가 살 겠다는데 뭔 상관이람. 일을 그르쳐도 내가 그르치는 거고, 바빠도 내 가 바쁜 건데 뭐래.' 라고 생각하면서도 하루 종일 고뇌에 빠집니다. 저 도 저를 확실히 모릅니다. 하지만 그 누구보다도 저를 잘 알고 이해하 는 것은 저 자신인데, 사람들은 제멋대로 상냥한 듯 날카로이 칼날 같 은 말을 휘두릅니다. 전 사람들의 그 칼날이 비집어 들어오는 순간, 손 으로 탁 막습니다. 하지만 칼날에 벤 손의 흐르는 피는 아물기엔 시간 이 필요하죠. 하지만 생각을 뒤돌려 제가 이러한 길을 걷기 전으로 다 시 돌아가더라도 전 같은 길을 택했을 것입니다. 그렇기에 제 자신이 후 회되지도 밉지도 않아지더군요. '결국 난 나구나.'

앞으로도 흔들리는 순간들에 마주하고 당황하겠지만, 잠시의 당황일 뿐, 방황은 하지 않으렵니다. 이리 봐도 김미래 저리 봐도 김미래, 이러 해도 김미래 저러해도 김미래 일 테니까요. 몇 차원까지 존재할지 예측 할 수 없는 우주도 이리 봐도 그 우주, 저리 봐도 그 우주 아니겠습니까!

20170405

김미래 드림

맘충과 색충色蟲에 관한 단상

친애하는 미래 님

안데르센 동화 '황제의 새 옷'에 등장하는 어린애 입장에서 '맘충'과 '색충'에 대해 우리 얘기 좀 나눠보고 싶네요.

엄마를 부르는 맘Mom과 벌레를 뜻하는 충蟲의 합성어인 맘충은 제 아이밖에 모르고 싸고도는 과잉보호 엄마를 가리키는 여성의 본질을 지칭하는 말이라면, 평생토록 Sex에 중독돼 Libido의 노예로 살 수밖에 없는 단세포 동물이 남성이라고 할 수 있겠지요. 내가 아주 어려서 겨우 걸음마를 시작하고 밖에 나가 놀다가 동네 애들이 주고 받는 애

태미사변

길 무척 신기하고 재밌게 들은 기억이 아직도 생생하지요.

"집에 들어가면 엄마는 뭐 하지?"

"엄마는 낮잠 자지."

"그럼, 아빠는?"

"아빠는 책 보지."

"그러다 둘이 뭐 하지?"

"뭐긴 뭐해, 씹하지."

생물학적으로 고찰해 볼 때 수컷의 씨를 받아 종족번식의 책임과 창조의 기쁨을 부여받은 씨받이 '여신女神'의 입장에선 가능한 한 가장 우수한 종자의 씨를 받아야 하니, 수많은 후보들 가운데서 가장 잘나고 유능한 배우자를 선택할 수밖에 없을 테고, 교미 후에 수놈을 잡아먹는 곤충 사마귀보다는 자비롭게 세련된 모성애로 그 수놈의 목숨을 당분간 부지시켜 준다 해도 이는 어디까지나 새끼 키워 부양하는 임무를 잘 감당할 때 까지 만이고 그렇지 못하고 도움이 못되는 순간엔 찬밥 정도가 아니라 황혼이혼으로 용도폐기 영구 퇴출당하는 신세로 전락하게 되는 게 남성의 실존적 숙명이 아닐까요.

반면에 영원무궁토록 '씹 마려운' 미숙아未熟兒인 사내아이 '남신男腎'의 입장에선 천부의 사명을 완수하려고 '죽어도 좋아' 복상사腹上死를 마다 않고 가능한 한 여러 씨받이에게 수많은 씨를 뿌리기 위해 세계 방방곡곡으로 떠돌이 방랑자 처지의 천벌인지 천복인지를 받았

기에 옆에 배우자를 두고도 항상 눈으로는 다른 더 젊고 예쁘며 새로
운 상대를 찾아 이리 두리번 저리 두리번 한눈을 팔게 되는가 보지요.
우리가 비록 벌레 같은 인간으로 태어났지만, 진화 발전해 신격으로
승화되기 위해서는 환골탈태해야 하는 것이겠죠. 너무 너무도 신비
롭고 경이로운 '사랑의 이슬방울'을 받아먹고 풀잎 같은 우리도 나비
처럼 하늘하늘 코스모스 하늘바다로 날 수 있도록……. 가수 최성수
가 부른 '풀잎사랑' 노래 가사 같이 말입니다.

싱그러운 아침 햇살이 풀잎에 맺힌 이슬 비칠 때면

부시시 잠 깨인 얼굴로 해맑은 그대 모습 보았어요.

푸르른 나래를 더욱더 사랑하는 마음 알았지만

햇살에 눈부신 이슬은 차라리 눈을 감고 말았어요.

그대는 풀잎 나는 이슬 그대는 이슬 나는 햇살

사랑해 그대만을 우리는 풀잎 사랑

그대는 풀잎 풀잎 풀잎 나는 이슬 이슬 이슬

그대는 이슬 이슬 이슬 나는 햇살 햇살 햇살

사랑해 그대만을 우리는 풀잎 사랑

빛나던 노을빛 어둠을 홀로 밝히는 나의 사랑 변함없어요.

20170404

태상 드림

태미사변

친애하는 선생님

　맘충과 색충! 하하 한자어와 영어의 결합이라고는 메일 제목을 읽었
을 때는 전혀 알아채지 못하였습니다.

　일생 동안 아이를 낳지 않으면 모르겠지만, 아이를 낳은 여성이라면
자연스레 맘^{mom}충이 되는 것 같습니다. 그 충의 다리 수가 몇 개일지, 갑
옷의 두께는 얼마일지는 사람마다 다르겠지만요. 또한, libido의 노예
라 일컫는 남성은 색^{sex}충이라는 말씀에 사실은 동의하는 바입니다. 사
실 그리하여 제가 남성을 쉬이 믿지 못하는 이유이기도 하지요. 선생님
이 번역하신 토마스 만 저자의 '뒤바뀐 몸과 머리'에서 말하듯, 머리를
덮으면 누가 누구인지 분간할 수 없고, 그저 남성은 여성을, 여성은 남
성의 아랫것만을 탐욕하지요. 하지만 얼굴은 사람마다 현저히 다르기
에 아랫것은 말할 수 없는 신묘한 그 존재의 가치를 뿜지 않습니까. 얼
굴인즉, 얼굴의 생김새도 있겠지만, 그 사람의 눈빛, 생각, 그리고 그 생
각을 조잘대는 입술이 있기에 그 사람의 정신을 말해주지요. 얼굴을 꼼
꼼히 사색하고 입술이 오르락내리락 움직이며 조잘대는 말소리를 들어
주는 '색충'은 찾기 힘든 천연기념물인 듯합니다. 하하!

　하지만, 색충인 남성들한테만 매운 소리할 수는 없지요. 주변의 언
젠가 '맘충'이 될 대기표를 뽑을 여성들은 끊임없이 암컷의 '색충'스

럽습니다.

"왜 나를 요 앞의 호텔에 데려가지 않는 거야!" "어린 남자랑 아무 생각 없이 놀고 싶다. 어리고 키 크고 잘생기고……. 어쩌구저쩌구" "예전에 잠자리했던 남자 5명한테 메시지가 왔어. 아 진짜 싫어. 내 인생 왜 이렇게 꼬여?"

물론, 잘생기고 키 크고 어린 남자, 좋지요. 바라보기만 해도 뿌듯해지는 그 요망한 것들은 여심을 홀랑 발라버리죠. 하지만 아무 생각 없이는 Ghost, Soul이 부재한 Shell 아니겠습니까.

SNS에서 정말 충격적인, 부끄러운 말을 보고 철렁 마음이 내려앉았습니다. 여자가 '힐링이 필요해'라고 하는 말은 '힐=구두'와 '링=반지'가 필요하다는 뜻이라는 것이었습니다. 많은 '색충' 암컷들은 '개' 공감(무지하게 공감한다)이 된다며 이것이 남자친구에게 말하지 못하는 자신의 마음의 소리라 하였습니다. 도대체 무엇이 여성의 로맨스를 이리도 변질시킨 걸까요. 사랑을 단순히 비슷한 나이대의 남성과의 관계로 한정지어버리지 않고 다양한 형태의 사랑이 존재함을 인지하고 느끼었음 합니다. 사랑이 굳이 타액을 섞여야만 사랑이 아니라, 세상 곳곳에서 사랑은 피어나고 내게 다가옴을.

태미사변

맘충이 될 대기표를 뽑았지만, 매번 그 표를 버리는, 사랑 아닌 그저 색^{sex}다른 만남만을 원하는 여성들에게 외치고 싶습니다.

'사랑이 밥 먹여 주냐고? 사랑 없인 쌀도 빵도 존재할 수 없었어.'

20170405

김미래 드림

친애하는 미래 님

'사랑이 밥 먹여 주냐고? 사랑 없인 쌀도 빵도 존재할 수 없었어.'

천지당 만지당 말씀이네요! 사랑 없인 약육강식의 카오스만 존재할 뿐, 오로라도 무지개도 볼 수 없는 생지옥일 테니까요. 사랑을 모르는 몸이란 혼 없는 송장 시체가 아닐까요. 우리가 순간순간 내쉬고 들이쉬는 숨이 사랑이 아니고 무엇이겠습니까?

20170406

태상 드림

박근혜를
위하여

경애하는 김미래 님

내게 forward된 메일인데 장지윤 씨가 쓴 글을 미래님께 또 for-
ward 해드립니다.

박근혜를 위하여

박근혜의 일생은 지금으로부터 10여 년 후 실록장편소설로부터 대
화역사영화로 상당한 베스트셀러가 될 것으로 예측된다. 이 극본의
마지막 장이 과연 어떤 것이 될 것인가는 큰 관심거리가 아닐 수 없
다. 세 가지 가능한 시나리오를 생각해봤다.

태미사변

1) 옥방살이 고생 끝에 원망과 분노와 증오의 씨를 더 뿌리고 떠날 박근혜.

2) 아직도 젊은 60대 나이에, 정치생명을 되살려 새로운 정치세력의 구축으로 통일 한반도 대통령이 되는 박근혜.

3) 속세의 최고 영화를 누렸던 그가 그만큼 깊은 계곡에서의 고난을 통해 인간과 하늘의 길을 새로 배워 촌부와도 같이, 혹은 '마더 테레사' 같이 평화롭고 기쁘게 사는 길이다.

필자는 박근혜가 세 번째 길을 선택을 하리라 믿는다. 이제까지의 파란만장 했던 그의 삶은 앞날의 박근혜를 위한 준비 작업이다. 민족의 새로운 정신 역사 창조에 이바지하기 위해 태어난 그는 이제 거듭나는 길, '아버지'와 특권의식에서 해방되는 길을 찾을 것이다. 구약의 '욥'처럼, 하늘은 한 인간을 귀하게 쓰려 준비시킬 때, 먼저 세속적 영화를 누리게 한다. 인간은 잘나가면 우쭐 방자해져서, 다른 동료인간을 존경할 줄 모르고 종으로 삼거나 '시녀' 취급한다. 이런 오만이 신성모독인 줄 모르기 때문에, 또 자기가 자신의 선택으로 자기 자신을 파멸의 길로 인도한 줄 모르므로 하늘을 원망한다.

청와대를 자기 친가처럼 여겼던 어린 시절. 어머니의 처참한 죽음, 대통령 아버지 First Lady로 온갖 영화를 누리던 박근혜, 정치계로 용감히 뛰어들어 최초의 여성 대통령. 오늘의 수치. 이 모든 박근혜의 행로는 아버지 덕이었고 동시에 아버지 탓이기도 하다. 경제발전이란 명목과 업적의 대가로 유린되었던 인권. 자기에게 반대하는 수많은 사람을 투옥 고문하고 죽인 독재자 아버지로부터 물려받은 군주 왕권적 행사는, 그것을 행하는 자보다 이를 용납하는 측의 책임이 더 많은 것이다. 어떤 형태의 인간도 그는 신성을 내재하고 태어났기 때문에 만민은 평등하다. 절대로 좋게나 나쁘게나, 부모를 보고 자식화된 한 인간을 평가 차별 할 수는 없을 것이다. 그러나 대통령의 말을 어명이라 칭해도 40여 년 우정을 나눈 지인을 대통령이 '시녀' 운운 하는 의식구조는 본인 뿐 아니라, 추종하는 이들이 아직도 구한말이나 봉건 시대에 살고 있는 듯한 시행착오가 아니면, 식민지 시절 일본 황국에 충성하던 노예근성을 아직도 못 버린 것인가.

외모와 머리치장, 옷차림에 대한 집념, 평민들과의 악수 거부, 변기 뜯어내기 등의 행동은 병적인 결벽증이겠으나, 감옥 생활을 통해 쉽게 치료될 수 있는 상태라 본다. 어찌되었던 구치소에 연금된 상태의 박근혜 모습이 그의 마지막이 될 수는 없다. 한 인간의 한때의 모습이 그의 모두를 말해 줄 수는 없기 때문이다. 박근혜의 삶의 열매가 구약성서 욥기에 나오는 욥의 제3의 운명처럼, 진정 빛나는 하늘의 별이 되기를 간절히 바라는 마음이다.

20170406

이태상 드림

친애하는 선생님

박근혜는 구구구세대 to 구구세대 to 구세대로부터의 사대주의를 군말 없이 용납해와 정말 당연시하며 몰랐던 건지 착각을 했던 건지, 소수는 행복했을지 몰라도 대다수가 피폐해지는 국가로 이끌었지요. 하지만 지금은 무려 2017년 아니겠습니까! 인터넷 뉴스기사에 온 국민이 댓글을 달고 논하고 비방할 수 있는 2017년, 특히나 어디서든 와이파이가 잘 터지는 대한민국에서는 금방 들통 나고 혼쭐이 나겠죠. 단지, 대다수의 많은 말보다 소수의 권력으로 자만하는 인간들 말에 대한민국 대표포털사이트인 네이버의 검색어 순위가 왔다 갔다 하는 나라이니 시간이 좀 걸렸나 봅니다.

3)번 시나리오가 현실이 된다면, 박근혜는 국민에게 큰 감사의 절을 올려야겠네요. 하지만, 그 오래디 오랜 시간 동안 푸른 지붕 아래 자기가 한번이라도 직접 머리 올려보지도, 제 손으로 빨래도 돌려보지도 않아온 사람이 방탄조끼만큼이나 탄탄히 굳혀버린 자신의 우주가 잘못되었음을 완전히 인지할 수 있을까요. 그리하여 제 안의 새로운 우주를 다시 창조할 수 있을까요. 전 사실 잘 모르겠습니다. 가까이서 만날 수 있는, 자신의 세상에 자식을 밀어 넣으려는 부모님, 교육학을 가르치는 교양수업에서 20살, 21살의 말랑한 아이들에게 자신의 고집적인 교육학 관념을 주입시키고자 하는 구세대 교수님. 신세대와 바로 앞에서 마

주함에도 구세대로서의 세상 안에 단단히 가둬진 이들을 봐서도 박근혜가 지금 세상의 마더 테레사가 되는 것은 정말 쉽지 아니할 듯합니다.

하지만, 그녀가 생을 마감하기를 결심하여 스스로 칼날을 들지 않는 이상 아직 그녀에겐 귀한 선물과도 같은 내일이 많이 남았습니다. 당장은 힘들겠지만 좁고 깊은 그 공간에서 지금껏 해보지 못했던 설거지, 청소, 노메이크업, 양철식판에 식사하기 등을 하는 완전히 뒤바뀐 생활들이 뒤바뀐 정신으로 그 자신을 차차 뒤바꿀지도 모르는 일이지요!

'어떤 형태의 인간도 그는 신성을 내재하고 태어났기 때문에, 만민은 평등하다.'

만민은 평등하기에, 그녀도 신성星을 내재하고 있기에, 차차 그 星을 가슴과 머리로 끌어내어 어둠으로 얼룩진 자신을 밝히기를 기대는 아니고 소망해 봅니다.

20170407

김미래 드림

태미사변

친애하는 미래 님

우리 두 사람 사이에 생기고 있는 이 기적 같은 아니 '기적' 이상의 일이야말로 너무 너무도 비현실적^{unrealistic}이라고 해야 할 지, 초현실적 ^{surrealistic}이라고 해야 할지 몰라 어지러울 지경이네요.

내가 사춘기 청소년 시절 소설이나 영화를 탐독, 탐관하면서도 책을 읽고 영화를 보는데 만족할 수 없어 소설이나 영화의 주인공처럼 실제로 살아보고 싶었고, 아니 그보다도 더 간절히 빌고 바라기는 소설이나 영화에도 없는 나의 스토리를 독창작으로 엮어 만들어가는 삶을 살아보리라는 야심찬 돈키호테식 꿈과 희망을 가슴 깊이 품어왔는데 다 늦게나마 80여 년 만에 드디어 이루어지고 있나 보지요. 허황된 꿈이 아니기를 절절히 기원하고 기대하면서 자지 않고 이 만고의 로망을 끝까지 살려 봐야 하겠습니다. 결코 추호도 망령은 아니라고 확신하니까요! 하하하 절대 진담입니다.

20170407

이태상 드림

내 안의
순딩이 소년을 깨워라

친애하는 선생님

　사실 저는 책을 잘 안 읽고 그저 현실이 흘러가는 것에만 집중하는, 어찌 보면 현실적이라 할 수도, 옛 것을 돌아보려는 부지런함이 없을지도, 고집스러울 수도 있습니다. 그래서 옛 시대의 사람들이 말하는 자아는 무엇이고 그들이 추구하는 삶은 무엇인가에 대해 생각해본 적이 거의 없습니다. 그것을 돌아보기엔 세상은 그 자체로도 신나는 일이 너무나도 많고 지금의 좋은 이야기, 안 좋은 이야기들을 듣는 것에도 저는 너무 풍요로워지기도 화가 나기도 하니까요.

태미사변

하지만, 내 자아를 내 안에서만 정립하는 것은 무리수인 것은 확실합니다. 또한 그 밖의 것에서 설득을 당하고 영향을 받아 자아를 정립하는 것 또한 위험합니다. 제 나이 23살까지도, 아니 24살 초반까지도 다니던 회사들의 대표님이 하시는 말씀을 항상 귀담아 들었고, 배우고 실천해봐야 하는 바이라 여겼었습니다. 그렇게 2016년도 초까지만 해도 타인이 하는 말을 곧이곧대로 흡수하여 내 것으로 만들려는 앞뒤 없는 자아 정립을 꾀하였지요. 하지만 내가 아닌 나로 사는 것은 한계점에 부닥치더랍니다. 어느 샌가 제 내면 안의 무언가가 따로 놀고 있는 듯한 삐끗함을 뼈저리게 느꼈고, 그 따로 놀고 있는 내면을 사살시켜 죽음에 이르게 하였습니다. 퇴사이지요.

그렇게 새로운 저를 부활시켰습니다. 타인이든 세상이든 '엿 먹어라' 하고 걸음마부터 내 자아를 성장시켜 지금은 한 초등학교 2학년 쯤 된 것 같습니다. 한참 놀이터에서 미끄럼틀을 타다가도 그네가 눈에 보이면 달려가 그네를 타고, 그러다가 모래성을 쌓다가 해가 지면 '내일은 뭐하고 놀지?' 라 생각하며 집에 돌아가 흙을 털고 잠에 드는 어린이입니다. 이 어린이가 오랫동안 신나게 뛰어놀았음 합니다. 장애물에 부딪힌들 시답지 않게 쳐다보며 '뭐야 저리가' 시건방지게 내뱉는 그런 초등학교 2학년 소녀? 아니, 천방지축 소년 말입니다.

세상의 말소리, 지금은 살아있지 않는 옛 고인들의 이야기, 성공한 사람들의 보장된 성공사 등 물론 도움이 됩니다. 하지만 그것은 그 사람들의 인생이고 자아일 뿐 결코 제 자신이 될 수는 없습니다. '모든 사람은 각자 태생의 시분초가 죄다 다르고 다른 신성을 지닌다.'라고 책에서 말씀하셨듯이 모든 이의 '여정의 도'는 그 모양새가 절대 같을 수도 그 여정의 시간 또한 시분초가 절대 일치할 수 없을 테지요. 하지만 타인의 자아와 삶을 읽고 자신의 것으로 창작하는 비평을 하여 자기 자아의 일부로 만들 수 있다 생각합니다. 이것의 기반은 투명하고도 탄탄한 자아이겠지만요. 이 세상에서 몇 사람이나 이런 자아를 지닐까요.

살면서도 끊임없이 죽는 것 같습니다. 아니 죽어야 하는 것 같습니다. 새로움을 위해선 죽음이 필수불가결합니다. 아직 이것이 옳다 말하기엔 짧은 24년을 살았지만 매일 자살하였기에 새로운 나를 볼 수 있었고, 태아의 쩡쩡한 울음소리를 내지르게 되더랍니다. 그 힘찬 울음소리로 새 삶에 시동을 겁니다. 제 자아가 만약 영생을 얻을 수 있다면, 전 지금 초등학교 2학년인 천방지축 소년으로써 영생을 바란다 신에게 말씀드리고 싶습니다. 세상이고 남들이고, 그것들이 만드는 장애물이고 다 '엿 먹어랏!'할 수 있는 마이웨이 소년이요. 운동화 밑창이 달도록, 온 옷이 흙으로 더러워져도 그저 헤헤헤 실웃음 짓는 '순딩이 소년'이요.

20170415

김미래 드림

친애하는 미래 님

남들(많은 독자들)은 내가 책을 꽤 많이 읽는 줄 알지만, 실은 나도 별로 책을 보지 않지요. 내 마지막 책 '생의 찬가' 마지막 글 '이 얼마나 기막힐 기적의 행운인가'에 인용한 미국 시인 찰스 부코우스키의 시 '무리의 천재성The Genius of The Crowd'에도 '경계하라 늘 독서하는 자들을beware those who are always reading books'이란 경고성 구절이 있듯이, 늘 읽어야 하는 책은 '자연'과 '사람' 곧 '삶' 그 자체로 그것도 '사랑'으로 숨 쉬면서 써나가는 책이라고 나 또한 생각하지요.

하지만, 내 자아를 내 안에서만 정립하는 것은 무리수인 것은 확실합니다. 하지만 또 그 밖의 것에서 설득을 당하고 영향을 받아 자아를 정립하는 것 또한 위험합니다. 우리 두 사람은 참으로 Cosmic Twins인지 어쩜 이토록 생각이 같을 수 있을까요. 나 역시 내 자아는 내가 늘 날이면 날마다 새롭게 창조해나가는 거라고 확신하니까요.

어쩌면 이런 자아가 니체의 위버멘쉬로 '자신을 둘러싼 환경에 대한 재창조의 전제로서의 창조적 파괴'가 차라투스트라의 몰락이며, 미래님 표현대로이지요! 아, 이것이 바로 내가 80여 년 동안 추구해온 나 자신의 자화상인 것만 같네요! 다른 점이 있다면 이 '순딩이 소년'은 '코스미안 어레인보우'의 '절대적인 사랑 ; 되찾을 나'에 소개된 '

영원한 사랑'에 등장하는 '남장소녀'임이 분명하네요. 이런 걸 가리켜 de'ja' vu 라 하는 건지도 모르겠군요. 진정 이건 결코 절대로 가상현실일 수는 없고 초현실임에 틀림없겠습니다.

20170416
이태상 드림

친애하는 선생님

남장소녀를 말씀하시니 저의 고등학생 시절이 떠오릅니다. 고3 시절, 주말이면 공부를 하러 항상 집 앞 독서실을 갔습니다. 남자와 여자의 방을 구분지어 놓았는데, 그날은 왠지 남자들 방에 가보고 싶더군요. 고등학교 때에도 머리가 짧았고, 마른 체형이여 몸에 굴곡 따위 없기에 나이키 추리닝을 입으면 그냥 선머슴 같았습니다. 아침에 눈을 뜨자마자 그때 당시 대학생이던 오빠에게 "오빠 나 옷 좀 빌려줘."하고 오빠의 추리닝을 입고 독서실을 갔습니다. 목소리를 내리깔고 오빠 이름을 대었지요. 그랬더니 쉬이 남자 방 좌석을 지정해주는 것 아닙니까! 하지만 전 당시 남자들의 서식지에 대한 아름다운 호기심에 가득 차 있을 때였는데 그 환상은 모두 무너져 내렸습니다. 얼굴에 여드름이 그득히

태미사변

차 붉게 오른 얼굴의 뿔테 안경을 쓴 옆자리 남학생이 코를 그릉그릉 고 는데, 전 그 때 '아…… . 이게 현실이다.'라고 따끔히 목격했지요. 하하

지금도 머리가 짧고 키가 크고 코튼, 데님 소재의 **boxy**한 핏의 옷을 즐겨 입기 때문에 제가 여자 화장실에 있을 때면 화장실에 들어오는 여 성분들이 화들짝 놀라 여자화장실 표지판을 재확인하러 나가지요. 길 을 지나 가다가도 "남자야 여자야?"라는 말이 흘러가며 들리는 것은 다반사, 식당에 가도 아주머니들이 호기심에 자주 여쭈곤 합니다. "학 생, 아가씨여 청년이여?" 주위 사람들은 기분 나쁘지 않냐며 화낼 법도 하다고 하지만, 전 저라는 사람에 호기심을 가지고 의문을 던지는 사람 들에게 오히려 감사하고 그 순간들이 너무 재밌더랍니다. 그 분들도 나 쁜 의도가 아니라 그 순간의 호기심에 던진 의문일 터이니 화낼 건 아 니지요. 이런 외모 덕일지 남녀 구분할 것 없이 친구가 되고 시원시원 히 말을 주고받곤 하지요. 사람들이 연애를 하려면 제발 머리를 길러라 하지만, 저는 이게 저의 내면을 가장 잘 반영해주는 모습이라 여기기에 바꿀 의사가 1도 없습니다. 누가 뭐라 하던 알바 아니지요. 하하하하하

이 정도면 제가 선생님의 가상현실, 아니 초현실에 그리시던 데쟈뷰 가 맞을지도요! 오늘은 부활절이지요. 며칠 전 지하철역 입구에서 한 소녀가 계란을 손에 쥐어주더군요. '아 부활절이구나.' 전 기독교 신자 가 아니지만, 지나가는 모든 행인들에게 부활절을 함께 기념하고자 삶

은 계란을 나눠주는 그 소녀의 정성에 저도 모르게 감동을 받았습니다.

새로운 생명이 싹트는 봄의 계절과 같이, 새로운 생명의 부활을 상징하는 계란과 같이 매 순간 부활하듯, 에그코어도 에그셸도 저도 선생님도 지금 이 순간 또 다시 태어나고 있습니다!

20170416

김미래 드림

속
궁합

미래 님, 지금 이곳은 새벽 2시, 자면서 꿈을 꾸다 깨어 데스크톱 컴퓨터 앞에 앉아 자판을 두드리기 시작했습니다. 우리 사유의 유희로 뭐가 정상이고 뭐가 이상인지, 뭐가 변태와 도착증인지, 사랑과 질투의 관계에 대해 얘기 좀 나눠보고 싶어서요. 꿈에 나와 대화 중에 어떤 여인이 말하더군요. "내가 내 남자와 sex를 하고 있는데 다른 남자가 나를 제 여자로 오해 착각하고……." 그러면서 난 잠이 깼습니다.

1970년대 내 직장관계로 우리 가족이 영국에 살 때 있었던 일이 생각납니다. 한국의 젊은 (삼사십 대) 모 은행 런던지점장이 소환된 일이 영국신문에 보도되었었지요. 아내의 생일이었는지 두 사람의 결혼

기념일을 자축하기 위해서였는지 기억이 확실치는 않지만 영국 남쪽 바닷가 휴양지 Brighton의 한 호텔에 주말 투숙한 이 커플이 샴페인 디너 룸서비스를 주문한 후 음식을 갖고 온 한 젊은 영국 남성 웨이터 보고 남편이 제 아내와 섹스 좀 해달라며 후한 팁을 건네자 이 웨이터가 깜짝 놀라 혼비백산해 경찰에 신고했다는 기사였습니다.

이 기사를 보면서 나는 혼자 추리를 좀 해봤었지요. 이 남편이 변태 성도착증이나 관음증이 있었거나, 아니면 자신의 성기능이 시원치 않아 아내를 성적으로 만족시켜주지 못하는 보상심리에서 취한 하나의 극단적인 방식, 또는 아내를 너무 극진히 사랑하다 보니 두 사람 사이의 너무 익숙해지고 지루해진 성생활에 좀 색다른 자극과 흥분이란 맛과 멋을 주려던 깊은 배려심이었던 것인지 모를 일이라고.

내가 겪은 얘기도 좀 해볼까요. 옛날 한국에서 군 복무할 때 펜팔로 사귀다 몇 번 만난 후 절교당해 헤어진 후 25년 만에 뉴욕에서 다시 만나 재혼해 10개월 같이 살다 다시 헤어지게 된 내 둘째 부인 얘기입니다. 이미 고인이 되신 분이지만 우리가 재혼한 바로 다음 날 서울에 사는 (당시 결혼해 어린 아들까지 있는 유부녀 동생과) 전화 통화하는 걸 우연히 듣고 깜짝 놀라 내 귀를 의심했었지요. "XX아, 태상이가 씹을 아주 썩 잘해, 너도 한번 해봐……." 그리고 그러자고 내게 제의까지 해오는데 내가 너무 소심해서였는지 아니면 용기가 부족해서였는지 그 제의를 받아들일 수는 없었지만 아직까지도 두고두고 그 제의 자체만으로도 깊이깊이 감사할 뿐이지요. 자기보다 4살 아래 여동생을 너무 극진히 사랑해서였는지, 아니면 기존 사회 도덕이나 인습이란 통념을 초월한, 너무도 앞서 가는 자유인이었기 때문인지 모르겠습니다.

'선도 악도 없다. 네 생각일 따름이다.Your thinking makes it so.'란 말이 떠오르네요.

망언다사

20170409
태상 드림

친애하는 선생님

가끔은 비이성적인 성생활에 대한 이야기들을 듣곤 하는데, 그것이 선생님이 직접 겪으셨다니, 그 대상이 본인이 되면 어떤 기분인 건지요. 성생활은 사람에게 필수불가결적인 삶의 일부이기에 맛집을 찾아 미각의 쾌락을 경험하려 애쓰듯이, 성적인 쾌락을 맛보려 일반적인 성생활에서 벗어난 일탈을 갈구할 수 있다고는 생각합니다. 예전에 일반적인 성생활을 할 수 없는 지체장애 남성들에게 성 봉사가 필요하다는 법안에 관한 기사를 읽었습니다. 성관계를 봉사한다고? 전 정말 어이가 없더랬습니다. 그 봉사자는 바로 여성이었으니까요. 남성들은 제 안의 꼬물거리는 것을 세상 밖으로 나오도록 하는 것이 건강 회복과 순환에 필수적이라며, 그럴 기회가 부재한 장애를 지닌 남성에게 성 봉사가 필요하다더군요. 성관계는 사랑의 관계인건지, 인간의 신체상 본능적으로 갈구하는 바이오활동인지, 이를 넘어선 쾌락을 맛보기 위한 욕구인지. 이 셋이 다 맞겠지만 그러면서도 무엇이 우선인지는 평생 모를 것 같습니다.

사랑하는 사람에게 사랑하지만 침대 위에서는 만족시켜주지 못한다면 참으로 미안하고 자괴스러울 것입니다. 그래서 많은 사람들이 평생의 동반자와의 '속궁합 체크'가 굉장히 중요하다 말하죠. 다른 사람과의 쾌락을 떠올릴 겨를 없는 귀한 동반자를 만난다면 'the natural world and the magic of the cosmos'가 현실이 되는 것이겠지요!

그나저나, 선생님의 도서에 있는 선생님의 사진을 보고 어찌 내적 '미남'이심에 외적으로도 '미남'이신지. 여럿 여자 마음 들었다 놨다 시소질 하셨겠구나! 하였는데, 제 생각이 정말이었네요! 하하

20170409

김미래 드림

친애하는 미래 님

'코스미안 어레인보우'의 '삶, 사랑, Sex는 같은 것, 몸 따로 마음 따로 아니지'에 적었듯이 난 이 셋이 '삼위일체 신성神性의 신성불가침으로 불가분의 같은 하나'라고 믿고 싶지만 이건 어디까지나 이상적인 희망사항일 뿐 실제로는 그 누구 아무라도 이 셋을 동시에 다 가질수는 없는 것 같습니다. 인생 80여 년 살다 보니 정말 참으로 '세상은 공평하다Life is fair'는 결론을 얻게 되는 것 같습니다. 이 셋 중에 단 하나라도 누릴 수 있다면 행운아라는 생각입니다. 셋 중에 어떤 걸 선택하는가는 각자의 결정사항이겠지요. 영어로는 You cannot win them all이라 하지요.

Sex에 도통한 도사들 말로는 겉이 화려하면 속이 빈약하다는 뜻의 사자성어四字成語 외화내빈外華內貧이라 하듯이 미남미녀보단 추남추녀가 속궁합은 비교도 할 수 없도록 훨씬 더 좋답니다. 그야말로 죽여 준다니까요. 내가 직접 체험해보지 않아 잘 모르겠지만 수긍이 가고도 많이 남아 거스름돈을 줄 일이라 믿지요.

또 그래서 많은 사람들이 평생의 동반자와의 속궁합 체크가 굉장히 중요하다 말하죠. 다른 사람과의 쾌락을 떠올릴 겨를 없는 귀한 동반자를 만난다면 'the natural world and the magic of the cosmos'가 현실이 되는 것이겠지요. 그렇다면 뭣보다 수많은 이성과 먼저 Sex부터 많이 해봐야 된다는 말이 될 텐데, 이게 얼마나 현실적으로 가능한 일일까요. 어떻든 이를 'the natural world and the magic of the cosmos'에 연결 짓는 것이 기차고 숨차도록 절창絶唱 중의 초절색超絶色 감탕질이네요! 하하하

끝으로, 너무도 듣기 좋게 저를 치하해주셨는데, 두려움과 걱정이 태산 같습니다. 올 가을 직접 만나 대면하게 될 때 미래님보다 키도 훨씬 작고 폭삭 늙어 볼품없는 내 외모에 크게 실망하고 환멸을 느끼실 걸 훤히 내다볼 수 있기 때문이죠. 하지만 안분지족安分知足할 수밖에요. 황공무지 감사 또 감사할 뿐입니다.

20170410

이태상 드림

기대와
대기

아래 copy and paste해드리는 글, '상처의 주범은 좌절된 기회'에 대한 단상을 나는 '기대와 대기'란 글 제목으로 몇 자 적어 보지요. 자지 않고 말입니다.

난 아주 어렸을 적부터 뭐든 기대를 했다가는 언제나 크게 실망하게 되는 걸 절실히 깨닫고 처음부터 아무런 기대도 하지 않고 내 하고 싶은 대로, 속된 말로 표현하자면 '내 좆꼴리는 대로' (이를 젊잖게 말하자면 '내 가슴 뛰는 대로') 하다 보니 예외 없이 밑져봤자 본전이더군요. 기대 대신 대기 (Once I've done my very best, I just wait and see what happens, be the outcome what it may.)만 해오고 있다는 얘기죠.

그러다보니 결과가 아무래도 다 좋더라고요. 기대가 전무全無하면 대기하는 건 전유全有가 되더란 말입니다. 세상에 버릴 게 없이 만물 만사가 다 축복으로 감사히 받아 누릴 일뿐이죠. There's nothing to be discarded. No matter what, I can always count my blessings and be thankful for all.

많은 내담자들은 환경이나 남에게 받은 상처보다 스스로 기대했다가 그 기대가 깨질 때 오는 상처로 더 아파하는 것을 본다. 엄밀히 말하면 그들은 '내가 듣고 싶었던 말'이나 '받고 싶었던 대우와 인정' 또는 '기대했던 자녀나 배우자의 모습'이 뜻대로 되지 않을 때 '그가 내게 상처를 주었다' 말한다. 상처의 주범은 '내 기대를 채우지 못한 그 사람'인가 아니면 '기대를 쌓아올린 나'인가……. 남보다 쉽게 마음의 상처를 받는다고 느낀다면 '나의 상처 리스트'를 한 번 작성해보자. 상처의 주범이 혹시 좌절된 나의 기대 때문은 아닌지 점검해 보길 바란다.

– 모니카 이, 심리 상담사 칼럼 '상처의 주범은 좌절된 기대' 중에서

20170412

태상 드림

밑져봤자 본전

맞습니다! 여름 시즌 옷을 제작하려 오늘 봉제공장 몇 개를 돌아다녔
습니다. 거래를 하기로 마음먹은 공장 사장님께서 "그냥 동대문 도매시
장에서 옷을 사입히다 파는 게 더 이윤이 남고 낫지 않느냐?"라 하시기
에 전 "초반에 뭘 바라나요. 언제 잘 풀릴지는 모르겠지만 지금은 쏟아
붓는 수밖에요! 즐겁게 잘하고 있습니다."라 답하였습니다.

이전에 선생님과 나눈 말에서, '내일이 없다 여기면 하루하루가 선
물이고 귀중하다.'라는 맥락의 말씀을 주셨지요! 그 후로 전 이 말을 마
음에 담고 매일을 맞이합니다. 기나긴 하루에서도 아침 점심이 고될지
언정 저녁이 행복할 수도 있을 것이며, 그런 다가오는 새로운 시간들이
있기에 매 순간 걸어 나가는 것 같습니다. 없다 여기니 있으면 그것이
슬프든 기쁘든 간에 내가 이 세상에 살아가고 있음을 새삼 느끼게 해주
니 모든 게 감사해질 따름이죠. 선생님 말씀대로 만사가 다 축복입니다!

'기대' 대신 '대기' 요즘 제가 '대기'를 너무 치열하게 하는 것 같습
니다. 천성이 욕심쟁이에 성미가 급하여 꿈에서도 일을 하고 있지 않겠
습니까! 꿈과 현실이 구분이 안 되어 비몽사몽 깨어나기를 열댓 번, 온
전히 24시간 동안 깨어있는 기분입니다. 아무래도 다음 주에 있는 행사
에 대한 부담이 밀려오나 봅니다. 행사가 끝나면 한시도 쉬지 않고 수

많은 것이 북적거리는 서울을 떠나 물소리와 새소리만이 지저귀는 곳에 다녀올까 합니다.

20170412

김미래 드림

친애하는 미래 님

아주 썩 잘하고 잘사시는 겁니다. 꿈부터 꿔야하고, 씨부터 뿌려야 하며, 모험부터 해봐야죠. 그래야만 '대기'할 일도 더더욱 그만큼 많아질 테니까.

Nothing ventured, nothing gained이고

Journey itself is everything이며

Virtue is its own reward.이니까요.

어찌 됐건 'Anything is better than nothing.'일 테고, 무경험보단 유경험, 다다익선이 아니겠어요.

태미사변

낮에 몸과 맘이 바삐 움직여야 밤에 꿀잠을 잘 수 있고, 또 밤에 충분히 휴식을 취한 후에라야만 그 다음날도 새로이 신나게 열심히 뛸 수 있지 않나요. 그러니 다음 주 행사가 끝나면 물소리와 새소리만 지저귀는 곳에 가서 푹 쉬다 오십시오. 이런 휴식을 영어로는 'recreation'이라 하는데 당연한 것 같습니다. 재창조$^{re-creation}$란 뜻으로요.

망언다사

20170412
태상 드림

토끼
풀

친애하는 선생님

어렸을 때 동네 천 앞의 토끼풀밭에서 몇 시간이고 앉아 반지, 팔찌, 목걸이 세트를 만들겠다며 자연과 니나노 노는 것을 알려주시었던 충북 초정이 고향이신 어머니께 졸라 함께 토끼풀 쥬얼리 세트를 만들곤 하였습니다. 그 어린 나이에는 그것을 만들어서 주위 사람들 목에 걸어주기도, 손가락과 팔에 끼워주기도 하며 어찌나 뿌듯했었던지요. 토끼풀을 뜯다 그 사이에 빼꼼히 얼굴을 내미는 네잎클로버를 발견했을 때는 '심봤다!'의 심정으로 '꺅!' 탄성을 내지르곤 했지요.

태미사변

저희 어머니는 차를 몰고 근교 시골로 저를 데리고 함께 냉이, 쑥을 뜯으러 자주 가곤 하였습니다. 항상 집엔 꽃무늬의 나일론 몸뻬바지와 고무신이 구비되어 있지요. 밭일에는 고무신이 최고더군요. 물로 한번 씻으면 흙이 남김없이 씻겨 흘려 내려갑니다. 시골에 가면 어머니는 괜히 길가의 풀을 뜯어 '킁킁' 냄새를 맡으시며 가끔은 슥슥 닦아 깨물어 보시기도 합니다. 그만큼 자연을 아시기에 자연을 사랑하실 수 있는 듯합니다. 집 옆의 자연농원에 밭 한 줄을 임대하여 지금도 상추, 가지, 고추, 토마토, 상추, 봄동, 미나리 등을 심으시어 그 생명들과 '잘 자라라 ~ 많이 먹어라~'하시며 흠뻑 물을 주시곤 합니다. 저희 삼남매 중 어머니가 밭에 데려가는 자식은 저 하나이지요. 세 남매 중 가장 시골스러운 애가 저라고 하시더군요. 그런 어머니 덕에 도시에 살면서도 자연을 잊지 않을 수 있고, 시골에 가도 불편함보다도 친근함과 푸근함을 느낄 수 있는 것 아닌가 싶습니다.

그렇게 귀하게 기른 아가들을 뽑아와 동네 이웃들과 아파트 주차장에 펼쳐놓고 나눔을 하기도, 그 중 가족이 먹을 만큼만 움큼 안겨 가지고 와 맛있게 무치고 삶고 구워 서울에서는 한식전문점에서만 비싼 돈 줘야 먹을 수 있는 밥상을 어머니는 항상 차려주곤 하셨습니다. 삼남매 중에서도 나물반찬을 좋아하는 것 또한 저 하나이기에 제가 청주 집에 내려갈 때면 어머니는 신이 나시어 고춧잎, 고구마줄기, 호박, 가지 등으로 이런 저런 나물반찬을 해두십니다. 저는 진공청소기처럼 그것들을 해치워버리니까요. 옛 추억에 잠기니 오랫동안 연락을 안 한 어머니의 모습이 아른거립니다.

지금은 제가 저만의 세상을 구축하여 산다는 것을 받아들이지 못하시는 미워 죽겠는 어머니이지만, 이전에 선생님이 말씀 주신대로 죽도록 사랑하기에 죽도록 밉기도 합니다. 하지만, 어릴 적 어머니가 제게 선물해주신 그 구수하고도 잊을 수 없는 추억들은 여전히 그때의 풀냄새, 흙냄새, 땀으로 등에 찰싹 붙은 옷의 찝찝함의 느낌이 변치 않은 그때의 것으로 영원합니다. 선생님께도 잊을 수 없는 자연에서의 추억이 있으신지요. 있으시다면 제게 들려주시어요.

20170415

김미래 드림

친애하는 미래 님

미래 님 어린 날의 추억, 너무도 아름답고 향기롭습니다. '꿈꾸다 죽거라'의 '닫는 글'의 글 제목 그대로 정말 미래 님은 자연지복自然之福의 '자지보지自知保持'와 천지만엽千枝萬葉의 '보지자지報知自持'이네요.

태미사변

"선생님께도 잊을 수 없는 자연에서의 추억이 있으신지요. 있으시다면 제게 들려주시어요."

이렇게 요청하셨는데 실망시켜드릴 수밖에 없으니 어쩌지요. 하지만 간청을 해오셨으니, 에라 모르겠습니다. 초식동물 같은 여자 아이들과는 달리 남자 아이들은 육식이나 오물을 좋아하는 구더기 같은 벌레들이라서인지 나도 아주 어릴 때부터 형이최하학적形而最下學的으로 놀던 기억밖에 떠오르는 게 별로 없으니까요. 예를 들자면 여름에 매미나 풍뎅이를 잡아 날개를 떼어버리거나 개구리를 잡아 가랑이를 찢어 죽인다든지, 잠자리 잡겠다고 들판을 뛰어다니다가 시골 밭에 파논 거름(똥)웅덩이에 빠져 허우적대면서 개헤엄을 쳐 기어 나오던 일, 일정시대 제2차 세계대전 당시 초등학교 다닐 때 공습경보가 울리면 학교의 방공호 속에 들어가 선생님이 시키는 대로 한겨울에도 입은 속옷을 벗어 이를 잡아 종이봉지에 담아 바치던 일, 그리고 해방 후 일본사람들이 살던 '적산가옥'에 미군들이 들어와 살면서 쓰고 버린 '고무장화(요새 말로는 콘돔)'를 쓰레기통을 뒤져 바람을 불어넣은 후 풍선을 만들어 연처럼 실로 매 가지고 신나게 뛰어다니던 일, 아니면 여름 방학 때 시골 과일밭 원두막에 가면 나보다 큰 시골 애들이 내 바지를 벗겨 항문에다 비역질을 하려고 해 죽을 똥을 싸며 도망치던 일 등등이지요.

그래서 난 어려서부터 여자는 하늘에서 내려온 선녀이고 남자는 땅 속에서 기어 나온 버러지라고 생각했답니다. 하하하

20170416

태상 드림

친애하는 선생님

여자는 하늘에서 내려온 선녀이고 남자는 땅속에서 기어 나온 버러지라 말씀하시지만, 전 어렸을 적부터 그런 소년들이 짓궂으면서도 부럽기도 하였습니다. 입을 가리고 호호 웃는 소녀들은 항상 하늘의 선녀처럼 아름다워 뵈어야 한다는 그런 남녀의 무의식적인 역할책임이랄까요. 매미를 손에 쥐어 여자아이들에게 '워~ 워~'하며 거침없는 장난을 치고 마구 뛰어다니는 소년들은 짓궂지만 너무나도 솔직합니다.

땅속에서 나온 버러지는 꼼실꼼실 제 몸을 움직여 기생할 곳을 찾고, 그곳이 더러울지언정 꿋꿋이 생명을 이어나가지 않습니까. 전 맑은 하늘에 아무런 힘을 들이지 않아도 저절로 공중에 두둥실 떠올라 나풀나풀 몸짓하는 아름다운 선녀보다도 땅 속에서 희미하게 비치는 햇

빛을 손에 쥐려 그곳이 어디더라도 힘 있는 행진을 하는 버러지가 더욱 아리땁습니다.

　제가 선생님의 경험은 따라갈 수가 없습니다! 제가 어릴 적 온실 속에서 자란 것은 부정할 수 없기 때문이죠. 먹고 자는 것에 불편할 것이 없었고, 부족할 것이 없었으며, 부모님의 과할 정도로 넘치는 사랑을 받고 자랐기에 모험을 꾀하기보다는 안주하는 데에 편안해져 있었습니다. 20살이 넘어들어 무無에서 유有를 창조해내겠다는 모험을 시작하면서 그 안주를 하나하나 떨치고 진정한 무의 경지에 도달하려 버러지처럼 끊임없이 꿈틀거리고 있습니다. 한결같이 안전한 온실 속이 아니라, 가뭄으로 땅이 갈라지더라도, 홍수로 떠내려가지 않으려 온 몸에 힘을 주고 지탱을 해야 할지라도 자연에 몸을 맡기듯 그 이상은 없는 듯 동화되어야겠지요. 그러다보면 어느 샌가 제 버러지의 보금자리가 생기고 버러지 가족들을 꾸릴 수 있지 않을까요.

20170416

김미래 드림

경애하는 미래 님

Wow! 어찌 이리도 조숙 아니 일찍 달관達觀하실 수 있을까? 참으로 경탄에 경탄을 금치 못할 일이네요. '자연에 몸을 맡긴 듯, 그 이상은 없는 듯 동화되어야겠지요.' 우주만물Cosmos에 동화되는 것이야말로 나 또한 카오스가 아닌 코스모스가 되는 길이겠지요. 세상이 아무리 카오스 같더라도 그 이면이 바로 곧 코스모스일 테니까요.

20170417

태상 드림

아름다움의
기준

친애하는 미래 님

아래에 copy and paste 해드리는 글 '백인은 아름답다?'를 일독해
보시고 미래님은 '미美'의 기준을 어떻게 보시는지 우리 얘기 좀 나눠
보고 싶네요.

'양귀' 들이 언제, 어떻게 한국사람들에게 '완벽한 미의 전형'으로
등극을 했는지 궁금한 생각이 들었다. 혹시 조선의 양반들이 야만인
이라고 깔보았던 양귀들이 알고 보니 세계를 지배하는 무력과 재력,
지식, 욕심까지 갖춘 승자라는 것을 알아차렸을 때였을까? 그렇다면

같은 논리로 장차 한국이 이 네 가지 파워를 갖춘 세계의 일등국가로 변신한다면, 세계 각처에서 스칼렛 요한센보다 춘향이의 얼굴처럼 성형수술 해달라는 요구가 쇄도하지 않을까? 결국 '미'라는 개념은 시대와 장소를 초월하는 절대적 가치가 아니라, 상황에 따라 변동하는 상대적 가치라는 가정을 내려 볼 수 있다. 좀 심하게 말하면, 어느 사회에서든 힘센 지배자의 생김새가 곧 미의 표본이라는 등식이 성립할 수 있다.

트럼프 행정부 들어서면서 한동안 잠복해 있던 백인우월주의자들이 활개를 치고 있다. 학교에서 백인 학생들이 소수계 학생들의 외모를 놀리고 왕따 시키는 경우도 문제이지만, 교육수준 높다는 백인들이 백인의 '선천적 우수성'을 주장하는 편파적인 가설을 휘두르면서 유색인종들 위에 군림하려는 오만이 더 큰 문제이다.

　　　　– 김순진 교육심리학 박사 칼럼 '백인은 아름답다?' 중에서

　　　　　　　　　　　　　　20170419

　　　　　　　　　　　　　　태상 드림

　　　　　　　　　　　　　태미사변

친애하는 선생님

미의 기준이라……. 아름답다는 것은 무엇을 의미하는가를 먼저 말하고 싶습니다.

아름답다는 것은 내면의 아름다움과 외면의 아름다움을 모두 일컬으며, 이 두 가지 면이 조화를 이룰 때 아름다움의 극치라 여겨집니다. 내면은 사람마다 모두 각기 다르기에 그 아름다움은 곧 개개인만의 개성이라고도 말할 수 있겠습니다. 하지만, 자신의 내면을 파헤치기도 전에 TV, 외부 광고물 등에서 비춰지는 짙은 쌍꺼풀과 오뚝한 코, 동그란 이마와 8등신의 몸매비율을 본 사람들은 그 외면이 곧 이상적인 외모라 여겨 이를 갈망합니다. 한국에서는 중고등학교 때부터 부모님께 쌍꺼풀수술을 시켜 달라 조르는 아이들을 정말 많이 볼 수 있습니다. 제가 고등학생 때만 하더라도 방학이 지나고 나면 붓기가 빠지지 않은 채, 어떤 친구는 실밥을 그대로 둔 채 개학식에 나타나곤 하였습니다. 글쎄요. 제가 보기엔 도장 찍어놓은 듯 똑같아 보였습니다. 친구들끼리 손잡고 함께 같은 병원의 같은 의사선생님을 찾아가 같은 '제2의 유전자'의 외형을 받는 것이니까요. 더 뚜렷이 예뻐 보일 수는 있지만 예쁜 것과 아름다운 것은 다르다고 생각합니다. 인형을 두고 한국말로 '예쁘다'고 하지요. 하지만 '아름답다'고 하지는 않으니까요.

세계에서 한국 사람들은 옷을 잘 입는다고 소문이 나 있습니다. 편히 청바지에 티 한 장 걸치는 것이 아니라 한국인들은 유행에 굉장히 민감하고 차려입어야 자신이 그만큼 대우를 받을 수 있다는 강한 생각을 지닙니다. 하지만, 여기서 문제는 바로 유행, 트렌드입니다. 트렌드는 대중문화의 선두주자로 매번 등장하여 세상을 주름잡는 무시 못 할 것입니다. 그 안에서 굉장한 변주가 일어나고, 더 나아가 확장된 다음의 트렌드를 생성하기도 합니다. 하지만, 한국인들은 변주와 확장을 두려워하고 고정된 선상까지만의 트렌드를 고집합니다. 우물 안에서 뛰어오르지 못하고 우물 안에서 보여지는 것이 최고이고 아름답다 착각하여 이를 따라하지요. 미의 기준도 마찬가지로, 우물 안 벽면에 붙여진 잘나고 예쁜 사람들의 사진을 보고 갈망하며 이를 자기 것으로 만들고자 합니다.

몸매 비율과 곡률이 이기적이라 여겨질 만큼, 마치 신화 속 비너스가 현실에 있다면 저러할까 한 서양 여성들은 아름답습니다. 패션모델들만 보아도 아시아계 모델들의 성공률은 낮습니다. 대부분 세계의 탑모델은 서양의 백인들로 이루어져 있습니다. 또한 얼마 전 뉴욕패션위크 기간 때, 흑인 여성 모델들은 발가벗은 채 온 몸에 금색을 바르고 백인 여성들만을 런웨이에 세운다는 비판의 시위를 벌였습니다. 아름다움을 극대화시키기 위한 치장인 패션에서 백인 모델을 앞세운다는 것은 사회가 아직도 편파적으로 백인의 미를 기준점으로 두고 있음을 극

태미사변

명히 보여줍니다. 헌데, 세계의 런웨이를 걷는 소수의 아시아계 모델들에게는 공통점이 있습니다. 모두 디즈니 속 뮬란 공주처럼 무쌍커풀의 옆으로 쭉 찢어진 눈을 가지며 5대5 가르마의 흑발 긴 생머리를 지니고 있다는 점이죠. 세계가 아름답다 여기는 아시아 여성의 모습이 그러하다는 것인데, 이 좁은 반도인 한국 내에서는 반대로 서양 백인들의 얼굴을 탐내 하죠.

제 피는 아시아에서도 조선의 피입니다. 제 어릴 적, 눈이 얇고 작아 어머니는 "쌍꺼풀수술을 하는 것이 어떻겠느냐, 하면 눈이 커져 더 또렷한 인상을 가질 수 있을 것이다."라 하셨습니다. 하지만 전 얇고 옆으로 찢어진 눈은 마치 도화지와 같아 쌍꺼풀보다도 그 이상의 연출을 할 수 있으며, 국내에서 오히려 보편적이지(쌍꺼풀이 짙지) 않은 독특한 이미지로 더 뚜렷한 인상을 남길 수 있을 거라 판단하였습니다. 내가 가진 것을 내 것으로 받아들이고 이를 아름다이 보이게 연출한다면 그야말로 진정한 아름다움이 아닐까요. 세상이 뭐라 하건, 그 누가 뭐라 하건, 자신이 만족하고 받아들일 때 비로소 세상도 그 아름다움을 알아줄 것입니다.

20170420
김미래 드림

친애하는 미래 님

　미래 님의 미의 기준에 나도 120% 동의하고 동감합니다. 미래 님의 생각을 내가 한마디로 요약해볼 수 있다면, 종교, 철학, 사상, 문화 할 것 없이 모든 분야에서 쓸개 빠진 '골빈당'이 아닌 '골찬당'이 되어야 한다는 거라고 하겠습니다. 가장 한국적인 것이 가장 세계적이라고 하듯이 유일무이唯一無二 전무후무前無後無한 존재로서 우리 모두 각자는 각자 대로 가장 나다운 게 가장 아름답다는 말이 되겠지요. 그럴 때 비로소 우리 각자는 각자대로 존재이유와 가치가 있고 가장 행복할 수 있다고 나 또한 그렇게 생각하고 살아온 것 같습니다. 우린 진실로 정말 '쌍둥이'임에 틀림없네요. 하하하

20170420

태상 드림

우리도
쌍둥이일까요

친애하는 미래 님

외신에 난 기사 하나를 전합니다. 같이 토론해 봅시다.

서로 닮은 부부, 알고 보니 어릴 적 헤어진 쌍둥이 대학파티서 외모 비슷, 생일 같아 동질감 느껴 사랑에 빠지고 결혼 시험관 시술 준비 중 DNA 같다.

두 사람은 지난 1984년 같은 날 태어났다. 그러나 어린 시절 부모가 교통사고로 사망하면서 두 사람은 각각 다른 가정에 입양돼 자랐다. 두 사람이 다시 만나게 된 것은 한참 세월이 흐른 대학 파티 때. 생년월일은 물론 외모와 성격도 비슷한 동질감을 느낀 두 사람은 곧 사랑에 빠졌고 미래를 약속하게 됐다.

우리 두 사람 미래님과 내가 진실로 정말 정신적(?)인 쌍둥이가 아닐까요. 이름도 그럴듯한 '태미' 말입니다.

20170419

태상 드림

친애하는 선생님!

선생님께는 많은 형제가 있으시다 하시었죠. 저 또한 눈에 넣어도 안 아플 세래와 제게 친근한 욕을 던지면서도 스스럼없이 고민을 토하고 들어주는 상규 오빠가 있습니다.

같은 시, 같은 배에서 같은 피와 유전자를 나눈 형제를 쌍둥이라 생물학적으로 정의하지만, 그 쌍둥이만 쌍둥이는 아니겠지요. 유형 아닌 무형의 내면에도 DNA가 있다고 믿습니다. 그 DNA는 자성을 지니어

내면에 같은 **DNA**를 지닌 사람들끼리는 시공간을 초월하여 이끌리게 되는 것 같습니다. 그 자성으로 선생님과 저도 자연스레 끌리었지 않았을까요. 그러니 저희는 내면의 쌍둥이가 맞습니다. '미'가 이름의 마지막에 있어서인지 '태미'라는 이름의 아이는 여자인 듯합니다. 태太일지 태胎일지, 그 여자아이는 크고 큰 심성과 씩씩함으로 우주에 귀한 생명을 잉태하여 탄생시킬 대단한 존재임이 분명합니다!

저 부부처럼 살아온 환경이 다를지언정, 그 환경의 간극이 점점 좁혀들어 결국 그들은 운명처럼 만났지요. 그 운명은 필운이었고요! 저희도 지금껏 다른 시공간에 있었지만 소름끼치도록 비슷한 내면을 가지고 걷다 보니 필운으로 이리 접촉하게 되었습니다.

20170421

김미래 드림

친애하는 미래 님

진정 우린 필운必運의 Cosmic Twins임이 분명하네요. 난 12남매 중 11번째인데 다들 세상 떠나고 나 혼자 남아있지요. 미래 님을 만나기 위해서이었나 봐요.

'태미'라는 이름 부르기도 아주 좋지요. 내 이름 泰相의 泰字와 未
來의 未字를 합한 '泰未', 앞으로 크게 다가올 '泰未' 말입니다. 어려서
집에서 부르던 내 이름이 '泰永'이었으니까 '泰未'의 '未來'도 영원하리
라 믿어 의심치 않습니다.

태상 드림

20170421

존경하는 선생님

형제 한 명 한 명을 떠나보내셨을 선생님을 생각하니 마음이 찡합니
다. 11번의 눈물을 흘리셨을 선생님, 처진 어깨의 뒷모습이 떠올라 그
어깨를 토닥토닥 해드릴 수 있었다면 좋았을 터인데요.

태미! 크게 다가올 그 아이의 기운은 영생하여 세상을 아름다이 감
쌀 것에 저 또한 의심치 않습니다! 하하

20170421

김미래 드림

좋아한다는 것과
사랑한다는 것

친애하는 미래 님

칼럼 글 '감성의 시대에 사랑을 말해도 될까?'를 읽고 우리 의견 좀 나눠볼까요. '좋아한다'는 것과 '사랑한다'는 것의 차이점에 대해서요.

'나 너를 좋아해!' 좋아한다는 것은 좋으면 그것을 내 것으로 소유하고 싶으면 버리겠다는 것인데 반해 사랑한다는 것은 그 좋은 것을 내 것으로 소유하지 않고 사랑하는 너에게 주겠다는 것이니 말입니다. 그래서 누가 저를 좋아한다고 하면 그 말을 좋아하기보다 저는 속으로 움찔하거나 오싹할 것 같습니다. 나를 좋아할 때는 소유하려고 할 것이고 쓰다가 싫증이 나면 버려지는 물건들처럼 싫어지면 저도 버려질 것이기 때문입니다. 그러므로 사랑을 사랑답게 하기 위해서는, 다시 말해서 사랑의 부담감을 넘어서는 사랑을 하기 위해서는 감성적 사랑을 넘어서야 합니다. 이 사랑은 좋은 감정도 넘어서고 싫은 감정도 넘어서는 사랑이고, 감정을 넘어 이성과 감성과 의지 모두를 통틀어 하는 전존재적인 사랑이요 그래서 전존재를 불사르는 열정[Passion]이지요. 소유의 기쁨과 그런 행복을 추구하지 않고 완전한 일치의 기쁨과 그로 인한 완전한 충만을 추구합니다. 그 희열이 하도 커서 싫고 좋음마저 사라집니다.

　– 김찬선 신부 칼럼 '감성의 시대에 사랑을 말해도 될까?' 중에서

20170421

이태상 드림

친애하는 선생님

제 또래 친구들은 연애를 할 때에도 '사랑해!'라는 말을 쉽게 하지 못한다고 합니다. 상대가 '넌 날 사랑해?'라고 물을 때면 당황한다 합

태미사변

니다. 좋아는 하지만 사랑은 아니어서. 그런 감정에서 사랑한다 말하면 그것만큼 잔인한 거짓말은 없겠지요. 자신이 믿고 사랑하는 사람으로부터 사랑받고 있다 느낄 때의 그 풍요로움은 말로 이룰 수가 없는데, 그 모든 게 거짓이라는 것을 알게 된다면 그것은 슬픔 그 이상의 절망이 될 테니까요. 좋아해서 만났는데 긴가민가함이 지속되다 '미안하다. 좋아함에 사랑이 될 줄 알았는데 그렇지 못했다. 그만하자'로 끝을 맺음과 같이요. 반면 좋아한다는 말은 쉽습니다.

'나는 포도를 좋아해'
'나는 카페에서 라떼를 마시는 것을 좋아해.'
'나는 맥주보단 소주를 좋아해.'
'난 가수 마야가 좋아.'

이렇게 일상적으로 사람이 아니더라도 다양한 것들에 사용될 수 있는 '좋아한다.'는 그만큼 습관적이기에 내뱉는데 어려움이 없습니다. 마치 내가 단순히 포도를 좋아하듯 사람이 좋으면 좋은 거니까요. 좋아하다가 싫어지는 것도 단순한 변심이라 여기니 그다지 원인과 과정의 분석 따위 무의미합니다.

허나, '사랑한다'는 다양한 원인과 과정을 담는 것 같습니다. 사랑은 몰랐던 내 자신이 발현시키기도, 원래 있던 내 자신을 포기하게도 만드는 위대한 것인 듯합니다. 눈물 한번 흘리지 않던 나에게 숨이 꺽꺽 막

히며 눈물을 짓도록 만드는 것 또한 사랑이겠지요. 평소에는 멜로디만 듣던 노래의 가사들이 한 글자 한 글자 또렷이 귀에 박히며 짜증날 정도로 공감이 되어 눈물을 짓고 욕을 하면서도 이어폰을 귀에서 빼지 못하게 하는 것 또한 사랑이겠지요. 임을 위해 내가 싫어하는 음식을 기꺼이 먹는 것도 사랑이겠지요. 그 뭔들 안 맛있겠습니까.

사랑은 참 사소한 것도 잊혀지지 않는 귀중한 것으로 만들어버립니다. 그래서 사랑은 위험하기도 합니다. 특히나 사랑하는 사람과 함께 했던 장소는 그 이름만 들어도, 그곳을 지나치기만 해도 심장이 움찔하지요. 허나 마치 자석처럼 다시 그곳을 가 그 사랑하는 이의 흔적이라도, 옷깃이라도 볼 수 있지 않을까 하는 허망한 희망을 가집니다. 다시 집에 돌아오는 길은 전보다 더 큰 그리움과 절망감에 휩싸이지요. 사랑이라는 것은, 제대로 해보지도 못했지만, 그 사람을 기준으로 나를 조종하는 무언가입니다. 조종을 당함에 무언가를 잃어도 짐을 지더라도 그모든 것은 사랑이기에 슬프고 힘겨워도 행복하지요.

그런 사랑을 가면 삼아 좋아한다는 말로 쉬이 표현하여 시작을 하는 젊은이들. 결국 그 가면은 깨지어 누군가에게 상처를 내고 아물지언정 그 흔적은 잊혀질 때쯤 또다시 아려올 것입니다. '좋아한다'가 아닌 '사랑한다'라는 말할 수 있는, '척'하는 사랑이 아닌 '진짜' 사랑을 하기를…….

20170421

김미래 드림

태미사변

친애하는 미래 님

'좋아한다가 아닌 사랑한다는 말을 할 수 있을 때 척하는 사랑이 아닌 진짜 사랑을 하기를'이라고 하셨는데, 아무런 거리낌도 없이 누구든 뭐든 기껏 끝없이 좋아하고, 한껏 한없이 사랑하십시오. 아무리 해도 지나칠 수 없고, 너무 너무 안타깝도록 미진하고 부족할 뿐일 테니까요.

뭐든 누군가를 좋아하고 사랑하게 되면 더러 소유욕이 생길 수도 있겠지만, 소유할 수도 또 소유해서도 절대로 안 될 일이지요. 다만 좋아하는 만큼 닮아가게 되고, 사랑하는 만큼 삶을 살 수 있을 뿐이지요. 좋아하고 사랑할 때 문자 그대로 혼연일체가 혼연천성으로 이루어지지 않던가요.

궁극적으로는 '슬프니까 사랑이다'라는 말처럼 세상 만물이 너무 너무도 슬프도록 아름답지요. 아, 그래서 시인 윤동주도 그의 '서시'에서 '별을 노래하는 마음으로 모든 죽어가는 것을 사랑해야지'라고 읊을 수밖에 없었겠지요! 아, 또 그래서 나는 '좋아한다'와 '사랑한다'의 차이점이 전혀 없이 둘 다 내가 네가 되는 유일한 길이라고 봅니다. '어레인보우'의 프롤로그에도 인용한 독일의 신비주의자 야콥 뵘무의 말 그대로 '영원이란 우리가 사랑하는 대상 그 자체가 되는 섬광처럼 번쩍이는 그 일순간'이라고 확신합니다.

20170421

이태상 드림

난 무엇을
남길 것인가

친애하는 미래 님

아래의 칼럼 글 '무엇을 남길 것인가' 읽고 우리 같이 한번 생각해 봐요.

지난 주, 유나이티드 항공사가 이미 좌석에 앉아 있던 탑승객을 강제로 끌어내린 사건이 있었다. 항공사 측은 오버부킹을 이유로 이 승객에게 좌석 포기를 요구했고, 의사였던 그는 다음날 예약된 환자를 이유로 거부했다. 그러자 항공사 측은 그를 강제로 기내에서 하차시켰고, 이 과정에서 그는 코가 부러지고 치아가 뽑히는 중상을 입게 되었다. 원하는 결과를 얻지 못했을 때 즉각 강제적인 수단을 동원하고, 문제 해결을 이유로 폭력을 쓰며, 타인에게 무례하게 구는 모습을 본 아이들은 어떤 생각을 할까. 우리가 아이들한테 남겨 줄 수 있는 최고의 유산은 올바른 가치 판단과 그것을 이룰 수 있는 용기여야 하지 않을까. 이 사건에 분개하고 규탄하는 것이 끝이 아니다. 그 다음은 어떻게 되는지. 그 다음에 우리가 어떻게 살아나가는지. 우리는 다음 세대에 무엇을 남길 수 있을지 그게 문제다.

        – 지니 조 마케팅 교수 칼럼, '무엇을 남길 것인가' 중에서

                                          20170420
                                          이태상 드림

친애하는 선생님

유나이티드 항공사의 이번 정말 무례할 대로 무례한, 인간답지 않은 만행은 많은 이의 분노를 일으켰습니다. 저것이 자유민주주의국가의 대표 항공사가 할 짓인지 화가 치밀 뿐입니다. 무엇일까요. 지레 짐작을 했다가 소통의 부족으로 일어난 건지, 아님 소통 따위는 있지도 않

태미사변

은 무력을 지닌 자들의 무자비한 무력행사인지요.

이번 만행의 피해자인 의사에게는 생명을 살려야 하는 중요한 사정이 있었고, 그렇기에 그 비행기를 절대 내릴 수 없었다고 하지요. 그들의 귀는 막혀있는 것인가요. 아님 상층부서의 지시를 로봇처럼 따른 것일까요. 아무리 그래도 폭력 행사만이 방도가 아니었을 터인데요. 자유민주주의 국가의 대표 항공사라면 민주적인 소통법을 행하여야 했고, 민주주의고 뭐고를 다 떠나서 같은 사람으로서 사람을 그렇게 짐승 대하듯이(애완동물한테도 그렇게 대하진 않죠) 몰아내린 것은 인간적이지 못한 행동이었습니다. 그들은 도대체 어떤 교육을 받고 어떤 환경에서 자랐으며 어찌 자식들에게 당당한 부모일 수 있는지요.

'우리가 아이들한테 남겨 줄 수 있는 최고의 유산은 올바른 가치 판단과 그것을 이룰 수 있는 용기여야 하지 않을까.'

세상에 정의된 정답은 없을지언정 잘잘못을 따지어 그것의 올바른 가치판단을 할 수 있어야 하는 것은 기본 덕목입니다. 여기서 앞으로 세상을 이끌어갈 어린 아이들과 젊은 세대들이 가져야 하는 것은 이 가치를 생각으로만 지니지 않고 직접 실천할 수 있는 용기입니다. 길에 쓰러진 노인을 보고 지나치는 사람들의 대부분의 생각, '나 아니어도 누군가는 돕겠지. 누군가는. 내가 굳이.' 자신은 여러 사람 중 한 명일 뿐이라는 안일한 생각이 아닌 제 자신으로서 손을 먼저 내밀며 말을 건넬 수 있는 용기, 그 용기가 더욱 다양한 상황들을 맞이해야 할 미래엔 더욱이 필요할 것입니다. 그러기 위해서는 어른들이 본보기가 되어 행동해야 할 텐데, 저런 사건들을 본 어린 아이들, 특히 유나이티드항공사에 다니는 부모의 아이들은 얼굴이 얼마나 화끈거릴지요. 생각만 해도 마음이 아픕니다.

우주, 삶, 그리고 사랑을 말하시는 선생님은 세상의 가치, 아니 세상 자체는 아름다운 사랑으로 이루어져 있음을 말씀하셨고, 이는 젊은 세대들뿐만 아니라 오랜 고집으로 딱딱해진 구세대들의 세상까지도 말랑합니다. 전 무엇을 남길 수 있을까요. 제가 할 수 있는 바는 제가 가진 것을 공유하고 내어줄 수 있는 대가 없는 건넴인 듯합니다. 제가 21~22살 패션블로그를 운영하였을 때, 서울대학교 의류학과를 지망하는 고등학생 친구들이 쪽지를 보내곤 하였습니다. 그렇게 여럿 상담과 도움을 주었는데 참 신기하게도 그 중 2명의 친구는 현재 제 후배가 되어 즐거이 학교를 다니고 있고, 한 친구는 연세대학교 의류환경학과를 진학하여 멋지게 패션학도의 길을 걷고 있지요! 제가 얼마나 도움이 될 수 있었는지는 모르겠지만, 정말 뿌듯하더랍니다.

한번은 순간 이런 생각이 들었습니다. 저 또한 누군가가 먼저 건넨 손과 말들이 있었기에 지금의 제가 있다고. 냉철한 세상과 사람들 속에서 홀로 따스한 아름다움을 지니는 것은 어렵, 아니 불가능합니다. 받아봐야 건넬 줄 알며, 들어봐야 말할 수 있을 것입니다. 전 많은 후배들에게 먼저 건네는 사람이 되어, 그 아이들도 훗날 먼저 건넬 수 있기를 두 손 모아 기도합니다. 한 명이 열 명이 되고, 열 명이 백 명이 되고, 그 백 명이 또 세상을 아름다이 감싸도록…… . 제 큰 희망이지요.

20170421

김미래 드림

친애하는 미래 님

네 맞습니다. '받아봐야 건넬 줄 알며, 들어봐야 말할 수 있을 것입니다.' 우리 모두 이 세상에 태어나면서부터 무조건의 희생적 부모님의 내리사랑을 받아왔기에 우리 또한 우리 자식들과 후배들에게 내리사랑을 할 수 있게 된 거지요. 그런데 이 내리사랑이 '갑을'관계에 머물지 않고 '이웃사랑'으로 발전하려면 어린애들에게 우물 안 개구리 같은 시야를 넓혀 큰 세상을 보여주는 큰 그림의 깨우침이 필요하다고 봅니다.

하기야 어린애들은 모두 하나같이 이런 우주적 안목을 가진 작은 '하나님'으로 태어나지만, 타락해 속악해진 속물 어른들의 잘못된 세뇌교육으로 너와 내가, 하늘과 땅이, 낮과 밤이, 동물과 식물과 광물이, 우주와 내가, 같은 '하나님'임을 망각하게 되지 않던가요.

이는 일찍 우리 동양의 선인들이 '피아일체'와 '물아일체'라는 두 개의 사자성어로 밝힌 바로, 내가 '무지코'의 권두사 '온 인류에게 드리는 공개편지: 코스모스 바다^{Open Letter: The Sea of Cosmos}'를 통해 우리 모두의 각성을 촉구하며 호소한 점입니다. 이 편지는 푸틴 러시아 대통령과 오바마 미국 대통령에게도 보냈었죠.

20170421

태상 드림

나의 독특한
특전

친애하는 미래 님

'한 사람에게 부여된 평생의 특전이란 다른 사람 아닌 나 자신이 되는 것이라고 나는 진짜로 믿는다. I truly believe that the privilege of a lifetime is being who you are.'

이는 2017년 5월 1일, 미국 시사주간지 TIME의 '세계에서 가장 영향력 있는 인물 100인' 특집 앞표지 커버에 등장한 미국 배우 비올라 데이비스가 한 말입니다. 이 말은 우리 모두 각자에게 해당되는 말이지요.

청소년 시절 지금은 사라진 신태양사가 발행하던 여성 월간지 '女像'이 있었습니다. 난 그때 매달 이 잡지를 사서 누이들에게 드리곤 했지요. 그러다 한번은 이 잡지에서 '나의 이상형 여성' 원고를 모집한다고 해서 그 당시 고등학생 신분으로 장난삼아 응모를 해서 입선된 적이 있답니다. 뭐라고 썼는지 기억이 잘 나지 않지만 어렴풋이 딱한 가지만 떠오르네요. 나의 이상형은 '개성이 뚜렷하고 싫고 좋은 게 분명하며 극히 냉정하면서도 극히 정열적일 수 있는 여자'라고 했었는데, 내 평생 그런 여자를 최근에서야 처음으로 찾게 된 것만 같네요. 하하하……. 농담이 아니고 진담입니다. 아, 너무 너무 늦었어라! 하지만 자위自慰합니다. Better Late Than Never 라고. 하하하

어떻든 나 역시 비올라 데이비스처럼 평생토록 '독특'한 '나'가 되려고 몸부림 맘지랄 쳐온 것만은 확실하지요. 후회는 없지요.

20170423

태상 드림

친애하는 선생님

제 자신을 잘 안다 여기고 철인처럼 앞만 보고 걸었는데 선생님과 이야기를 하며 앞뿐만 아니라 뒤, 위, 아래, 양 옆을 보는 법을 차차 알아갑니다. 그렇게 바라보는 다방의 세상은 더욱이 아름답고 즐겁습니다. 왜 전에는 몰랐던 것일까요.

행복은 한 끝 차이인 것 같습니다. 조금만 생각을 달리하고 조금만 고개를 틀어도 아름다움은 곳곳에 '보소보소! 나 좀 보소!'하고 저를 반길 준비를 하고 있는데 그것을 지금껏은 무언가를 치루어야 얻을 수 있는 '대가'라고 생각했습니다. 힐링이 뭐 별거 있겠습니까. 굳이 비싼 돈을 주고 좋은 펜션에 좋은 장소로 여행가 맛있는 코스요리를 분위기 한껏 잡아야 그것이 힐링이고 행복이겠습니까. 그저 시외버스 타고 모르는 곳에 내려 정처 없이 걷다가 택시기사 아저씨의 푸근한 사투리에 즐거워 대화를 나누고, 밖에 앉아 여행 온 다른 사람들의 웃음과 흥겨운 발걸음에 나도 리듬을 실어보고, 저녁이면 구수한 횟집에 가 소주 한 병에 회 초장 듬뿍 찍어 입에 넣으면 그만한 행복이 또 있겠습니까. 행복은 사는 것이 아니라 찾는 것 같습니다. 진정 행복을 원한다면 그것을 기다리기보다는 오늘 하루 모험한다 치고 발로 뛰고 눈으로 사색하며 찾는 것이 행복이겠죠.

전 너무 행복합니다. 정말로요. 제가 착각하는 것일지도 모르겠지만, 한 문장으로 정의할 수도 없지만, 전 저를 이젠 알 것 같습니다. 안다기보다는 그저 내가 나일 수 있도록 내려놓을 수 있습니다. 내가 나일 때 그 과정과 결과는 가장 아름다우니까요. 그르치어도 나, 잘해도 나, 후회해도 별수없는 나, 나이기에 후회 따윈 없는 나. 그렇게 저절로 전 저만의 독특한 특전을 지녀가며 독특해집니다. 겉면만 독특하던 지난 20대 초반이 아닌 내면이 진정 독특한 내가 되도록……

선생님은 제가 짧은 24년 인생이지만 뵌 분들 중 최고로 독특한 특전을 가지십니다. 하하!

20170423

김미래 드림

연애와
결혼

친애하는 미래 님

우리 '연애'와 '결혼'에 대해 같이 생각 좀 해볼까요.

20170423

태상 드림

친애하는 선생님, 연애도 사랑일까요?

연애는 남녀가 만나 교제를 하며 사랑을 만들어가고 넓혀가는 과정이라 생각합니다. 고로 모든 연애에 사랑이 형성되어 있다고는 말할 수 없습니다. 사랑의 시작은 '좋아함'이라 말씀하셨듯이 좋아하는 사람 간에 서로의 세상을 더욱이 공유해가며 넌 내 세상의 또 다른 주인공, 난 네 세상의 또 다른 주인공이 되어 사랑이 피어오릅니다. 많은 연애커플은 사랑을 의심하면서 계산적으로 서로를 잣대질하기도, 다른 연애 남녀와 자신들의 연애를 저울질하기도 합니다. 어찌 보면 그 연애 스토리의 주인공은 자신들이고, 자신들이 만들어가는 스토리 모든 것은 흘러가며 자취를 남기며 추억이 되는 것인데 다른 스토리를 베끼려 하면 copy본에 불과해지죠. 그렇게 저울질 하는 데에 가장 흔한 추는 바로 돈인 듯합니다.

'내 친구는 남자친구가 생일이라고 호텔 레스토랑에서 케이크 불어줬대. 내 남자친구는 고작 삼겹살에 소주 먹었는데.'

'내 친구 남자친구는 차가 있대. 그래서 학교 끝나면 만날 데리러 온대. 아 부러워.'

차, 호텔, 비싼 식당, 고가의 선물. 이런 것들로 남자친구의 정성과 사랑의 크기를 판단하는 여자들. 정신 차려야겠죠. 사실 대학생들의 연애에서는 특히 돈 돈 하는 것 자체가 웃깁니다. 학생이 무슨 돈을 벌겠다고 연애에 큰돈을 지불할 수 있겠습니까. 큰돈을 지불하는 이가 있다면 음, 부모님이 용돈을 많이 줘서이겠지요. 코 묻은 돈으로 사준 고가의 선물이 왜 부러운 건지, 그보다 나를 바라봐주는 따뜻한 눈빛 그것만으로도 상대의 사랑은 느낄 수 있는데 말입니다.

저는 연애를 한다면 가장 하고 싶은 것, 파랑색 플라스틱 테이블과 뒷받침 없는 빨강색 플라스틱 의자가 있는 구수한 포차에서 오뎅탕에 소주 마시며 진득이 이야기를 나누는 것입니다. 그렇게 밖에 나오면 서늘한 밤바람이 뜨끈히 열 오른 몸 살갗에 닿아 몸이 부르르 떨리고, 그 오묘한 기분에 서로 싱글이 벙글이 바보처럼 웃으며 한적히 길을 걷는 것. 여자들은 술을 마시면 못생겨진다고 합니다. 얼굴빛이 붉어지고 얼굴 근육이 스르르 풀려서인지 모르겠지만 그러하다 합니다. 가식 없는 무의식이 발현되어 비춰지는 제 모습과 그러한 모습의 상대가 나누는 이야기와 사랑은 대낮의 평소와는 또 다른 분위기와 추억을 만들지 않습니까. 본디의 나를 더욱이 표현하고 이는 부끄럼 없이 행동으로 발현되어 아름다운 합을 나눌지도요.

저도 한 때 저를 무지하게 사랑해주던 한 남자가 있었습니다. 1년 채 안된 연애기간이었지만, 그동안 그 남자는 저를 마치 아가 대하듯 아껴

주었고, 제게 맛있는 음식을 사주고 선물을 주는데 아끼지 않는 사람이었습니다. 처음에는 그의 돈 씀씀이가 너무 부담 되어 고민을 하다 말을 했지요. "난 그 정도의 씀씀이에 받아쳐줄 수 있을 만큼의 경제적 여유가 없다." 헌데 그는 자신은 아무런 대가도 바라지 않고 그저 내가 맛있는 음식을 먹고 내가 선물을 받았을 때의 행복한 모습을 보는 것이 좋아서 하는 거라 하였습니다. 자신이 사준 운동화를 신고 나올 때마다 행복하고, 음식을 먹을 때 바닥을 드러내도록 싹싹 긁어먹으면 행복하다 했습니다. 허나 받는 것에 익숙해지는 제 자신이 겁이 났고, 아낌없이 주는 사랑이 간절해지지 않아지며 누군가와의 사랑보다는 나와의 사랑을 하고 싶어지더랍니다. 그렇게 이별을 선언하였고, 그는 이별을 받아들이지 못하여 허다하게 제게 사랑을 다시 고백했지만, 참 웃긴 것이 그리고 2개월 후 새로이 여자 친구를 만나 저보다 오랜 기간 사랑을 나누더군요.

그냥 사실 까고 말하면 위의 전 남자친구는 '가진 자'였습니다. 부족할 것 없이 넉넉한 집안에서 자라 고민과 희생 따위 해보지 못했으며 아름다운 꽃길만을 안전히 걷던 남자였습니다. 비전보다는 이미 자기 앞에 펼쳐진 꽃길만을 걸어도 남부럽지 않은 넉넉한 삶을 살 그런 남자였습니다. 갈망 없는 남자였지요. 자고로 꿈꾸는 남자가 더욱이 멋있지 않겠습니까. 현실에 안주하지 않고, 부족한 것을 갈구하여 그 빛을 좇을 줄 아는 야망 있는 남자. 그런 남자가 제 이상형이라면 이상형이지요.

태미사변

무일푼일지언정 무에서 유를 만들고자 끊임없이 갈망의 걸음을 내딛는 남자. 그런 남자와 연애를 하고 싶고 결혼은 생각도 못하고 있지만 한다면 그런 남자와 결혼하고 싶습니다.

20170423
김미래 드림

친애하는 미래 님

내가 번역한 역서 토마스 만의 '뒤바뀐 몸과 머리'의 '옮긴이의 말: 반신반수半神半獸의 인간 수수께끼'에도 적었듯이 인간은 신과 동물의 튀기라고 나는 생각합니다. 결혼은 연애의 무덤이라고들 하듯이 연애가 신적神的인 이상理想이라 한다면 결혼結魂이 아니고 결혼結婚인 경우는 동물적인 현실이라고 할 수 있겠지요. 영화나 소설 또는 오페라에 나오는 러브 스토리가 전자에 속한다면 보통 사람들의 결혼생활은 후자에 속한다고 할 수가 있지 않을까요. 가장 이상적인 연애라고 부르는 사랑이 순수하고 절대적이라면 가장 현실적인 결혼은 종족번식을 위한 '기업'의 원조元祖라고 할 수 있겠습니다.

내가 인생 80년 동안 몇 번의 연애도 결혼도 그리고 여러 여자와 sex도 많이 하고 살아보니, 가장 바람직 한 일은 결혼이 연애의 연장이며 완성이어야만 할 테지만, 그런 행운이란 아주 드문 것 같습니다. 흔히 첫사랑은 이루어지지 않아 평생토록 잊지 못한다지만, 이는 첫사랑의 대상인 그 여자나 그 남자의 실제와 실체와는 상관없이 내가 일방적으로 그 사람을 이상화하고 신격화하기 때문이 아닐까요.

연애는 결코 가르칠 수도 배울 수도 없이, 문자 그대로 가장 자연스러운 '자연현상'이 아니던가요. 마치 그 누구의 가르침이나 학습도 없이 우리 가슴이 잠시도 쉬지 않고 뛰고 우리가 순간순간 계속해서 숨 쉬고 있듯이 말입니다. 그러니 연애는 너무도 당연히 '연애戀愛'라기 보다는 '연애然愛'라고 해야 맞는 말이라는 생각입니다.

내가 도달한 결론을 말하자면 자연스러운 연애然愛, 아니 로망이 푸른 하늘 창공을 자유롭게 나는 '파랑새'라면 결혼結魂이 아닌 결육結肉의 결혼結婚이란 이해타산으로 맺어지는 동업 파트너쉽partnership 새장cage이라 해야 할 것 같습니다.

참다운 '연애戀愛이든 연애然愛이든' 그 누군가를 무조건 절대적으로 사모하고 좋아하며 사랑하는 일이 아니겠습니까? 그것이 부모의 자식사랑이든 연정이든 아니면 동물사랑이든, 여호와니 예수니 알라

니 하는 허깨비 같은 신神이나, 애국이니 애족이니 아니면 공산주의
니 자본주의니 민주주의니 아니면 자유니 정의니 평등이니 오만 가
지 대의명분과 주의주장 사상 등이든 뭐라 할 것 없이 내가 사랑하는
대상을 통해 우선 나 자신을 그리고 나아가 온 우주를 내 목숨을 포
함해 내 모든 걸 다 바쳐 사랑하는 거라고 믿어 보지요. 아무래도 다
좋지요. 누군가를 뭔가를 취하도록 미치도록 죽도록 사랑할 수만 있
다면 말이지요.

20170424
태상 드림

Collateral
Beauty

미래 님, 한 가지 꼭 강조하고 싶은 게 있습니다. 다름 아니고 sex 에 관해서죠.

싱글로 살든, 연애만 하고 살든, 결혼까지 하게 되든 성생활을 무시하거나 외면해서는 안 된다는 얘기입니다. 미국 철학자 Ralph Waldo Emerson의 말을 빌리자면 "우리 각자는 다른 어느 누구의 것 이 되기 전에 먼저 각자 자신의 주인이 돼야 한다. ^{We must be our own before we can} be another's."란 말이죠.

올 6월에 출간되는 웬디 스트르가의 책 '유효적절한 성생활: 당신

태미사변

의 에로틱한 삶의 친밀한 안내지침서Wendy Strgar's SEX THAT WORKS: An Intimate Guide to Awakening Your Erotic Life'에서 '사랑학자loveologist'라 자칭하는 저자는 마약이나 술이나 음식 또는 쇼핑에 중독돼 내면의 자신으로부터 도피하는 대신 자기 자신과 다른 사람들에게 솔직함으로써 생길 불편함을 무릅쓰고 진짜 쾌락을 즐기라고 적극적으로 권합니다. 그리고 성적 쾌락은 남녀 모두에게 사치가 아닌 필수라며, 그 방법을 제시합니다. 이에 따르면 진정한 성적 자유란 각자가 각자의 성적 필요에 책임을 지고, 자신의 성감대를 스스로 자극해 흥분 만족시키라는 것입니다. 그러기 위해서는 용기가 필요하다고 합니다. 우리말에도 스스로를 돕는 자를 하늘이 돕는다 하지 않던가요.

20170425

태상 드림

친애하는 선생님

요즘 선생님과 나누는, 아니 선생님이 말씀주시는 사랑, 연애, 결혼으로 점점 혼란스러워집니다. 저는 성생활과 사랑을 하나로 보지 못합니다. 사랑하기에 Sex는 나중에 오는 것이며, Sex는 쾌락이기에 서로의 합의만 있다면 사랑하는 이가 아니더라도 그 쾌락을 공유할 수 있기 때문이죠.

삶과 사랑과 Sex는 삼위일체라 하셨고, 이 일체는 이상적인 희망사항이며 이 중 하나만 실현되어도 크나큰 축복이라 하셨지요! 아직 그 삼위일체를 느껴보지 못해, 아니 느끼었다 여겼지만 그것은 착각이었기에 그 이상적인 경지가 어떤 것일지 모르겠습니다. 그 잠시의 착각 또는 꿈일 수도 있었던 삼위일체의 시간 속에는 나와 사랑만이 숨 쉬었으며, 내가 사랑이었고 사랑이 곧 나였습니다. 하지만 그 모든 것은 다 이아몬드 이상의 고귀함이었지만 결국 분해된 먼지가 되어 사라져 버리더랍니다.

어제 한 영화를 보았습니다. 우연히 누군가 SNS에 올린 그 영화의 일부를 보고 벌떡 일어나 영화를 바로 다운로드 받았지요. 윌 스미스 주연의 'Collateral Beauty. 2016'이었습니다. 한국 제목은 '나는 사랑과 시간과 죽음을 만났다'이지요. 'Collateral Beauty'의 의미를 저는 영화의 중간까지 이해하지 못했습니다. 그러다 한 여자가 말합니다. 생명호흡장치를 떼고 있는 딸의 병실 문 밖의 벤치에 앉아 있는데, 한 노년의 여성이 '삶의 고통이 주는 아름다움을 잊지 마세요.'라 하였다고. 자신도 그 말을 당시엔 전혀 이해하지 못했다고 합니다. 하지만 어느 날 길을 걷는데 지나가는 지하철, 길가의 강아지만 보아도 눈물을 흘리는 자신을 발견하고 'Collateral Beauty'라는 것은 존재한다는 것을 깨달았다 말합니다. 고통이 있는 어둠이기에 그 안의 사물, 작은 빛마저 간절해지고 아름다운 의미를 내뿜는다는 것을.

전 누군가의 죽음으로 크게 슬퍼해보지 못해 '죽음'이 주는 아름다움을 보지 못했지만 무언가 '고통'이 주는 아름다움은 본 것 같습니다. 그 고통의 주체가 세상의 모든 것들에서 발화되기 때문이죠. 이런 상황에서 그 사람은 어떤 반응을 보였을까. 이걸 본다면 그 사람은 무엇이라 답하였을까. 난 지금 이리도 아름다운 것을 보고 있는데 그 사람은 현재 무엇을 하고 있을까. 왜 난 지금 그와 함께하지 못하는 것일까.

나를 고통 시키는 것은 그 사람이 나에게 직접적으로 고통을 줘서가 아닌, 내가 주체가 되어 만드는 듯합니다. 그의 위치, 그의 관심, 그의 사랑이 나와 함께 하지 않음에 스스로 고통을 만들어냅니다. 허나 간절한 만큼 내가 숨쉬는 모든 시공간은 그 사람의 그림자가 환영이 되어 맴돌듯 소중해집니다. 제가 받아들인 Collateral Beauty는 이러하답니다.

선생님이 느끼는 Collateral Beauty를 듣고 싶습니다.

20170425

김미래 드림

친애하는 미래 님

영화의 overview와 영화 제목 'Collateral Beauty'에서 얼핏 잡히는 감만으로 몇 자 적어보겠습니다.

이 영화에서 다루는 우리 삶의 세 상수, 사랑, 시간과 죽음은 영원한 수수께끼이겠지만, 각자는 각자대로 그 답을 찾아볼 수밖에 없겠지요. 그래도 최소한 하나의 최대공약수는 가늠해 볼 수 있지 않을까요.

Love = Loneliness = Pain = Sorrow = Beauty

이런 등식이 성립될 수 있다고 나는 생각합니다. 왜냐하면 사랑하면 할수록 외로워지고, 가슴 아프며, 한없이 슬프도록 모든 게 다 아름다워지기 때문이죠.

그리고 헤르만 헤세의 말대로 어두운 밤하늘에 터지는 폭죽의 불꽃 같이 피어나는 찰나에 사라지는 까닭에서죠. 모든 생명과 청춘과 만남이 그렇지 않습니까? 멕시코 노래 가사 한 구절 우리 같이 음미해보죠.

'I happened to be the darkside of your life.'

20170426

태상 드림

수수께끼
세상만사

경애하는 미래 님

아래 글을 읽고 우리 토론해 봅시다.

'여론 마사지'의 유혹이 끊임없이 고개를 드는 것은 한국 특유의 '쏠림현상'에 기인한 바가 크다. 한국사회는 일단 어떤 흐름이 형성되면 그것을 따라가려는 속성이 유독 강하다. 그 배경을 놓고 '유교적 가치와 근대성의 공존'등 다양한 분석이 있지만 이유가 무엇이든 쏠림현상이 유별난 것만은 사실이다.

태미사변

소용돌이 정치는 역동성이 넘친다. 단기간 내에 변화를 이끌어 내는 힘이 되기도 한다. 그러나 안정과는 거리가 멀다. 변화의 진폭이 너무 커 정신 차리기 힘들 정도다. 어렵사리 이끌어 낸 변화가 손바닥처럼 순식간에 뒤집혀 버리는 경우도 다반사이다.'

– 조윤성 논설위원 칼럼, '소용돌이 정치의 명암'중에서

20170728

이태상 드림

친애하는 선생님

참, 부는 바람에 쉬이 휩쓸려 소용돌이의 먼지들이 되는 우리나라. 그럴 법도 한 것이 오랫동안 믿어왔던 도끼에 제대로 발등 찍혀 발을 잃었으니 어디 한 곳 제대로 서있을 수 없는 이 한국 땅위의 국민들은 소용돌이의 먼지가 될 수밖에요. 자연바람이 아닌, 누군가 교묘하게 방향과 속도를 계산한 바람이 여기서 훅, 저기서 훅 들어오니 이 참 매우도 혼란스럽지요.

제가 정치에 별 관심이 없어서인지 모르겠지만 여론조사의 힘이 위

대한건지요. 여론조사라는 것이 굉장히 상대적인 것이라 *jtbc*, 이데일리, 갤럽, 노컷뉴스 등 미디어마다 발표한 여론조사는 모두 다릅니다. 다 다르기에 믿고 휩쓸려갈 이유가 없지 않나요. 미국 대선 당시의 여론조사 결과에서는 예측되지 않았던 트럼프의 당선을 미루어 보았을 때, 조사에 응답하지 않거나 숨기는 '샤이Shy 보수'의 수는 엄청날 것으로 보입니다. 20-30대 유권자들은 유선전화보다는 휴대전화를 사용하기에 여론조사에서 젊은 층의 응답이 예측되지 않는다고 합니다.

국민들이 현명한 선택을 하기엔 아직 선택지들이 현명한 것인가도 모르겠습니다. 그들이 지금껏 내보인 껍데기로 그 내면을 예측하고 믿어보고 질러보는 수밖에요. 5월 10일은 또 다른 시작이 될 터이니까요. 며칠 전 스무 살짜리 동생이 하는 말에 놀랐습니다.

"아~ 모르겠어~ 문재인일까~ 안철수야 심상정이야~ 언니, 정말 모르겠어 어렵다. 에휴."

막 투표권을 얻은 제 어린 동생이 대선에 심각히도 고민을 하는 것을 보니 젊은이들의 반란이 예상됩니다.

20170429

김미래 드림

친애하는 미래 님

난 어려서부터 소위 전문가들의 말을 믿지 않았습니다. 하나만 알고 열, 백, 천, 만을 모르는 '헛똑똑이'들이라고 경멸했지요. 운동경기를 보면서도 선두주자보단 후발주자를 주목하며 응원했습니다. 세상살이, 인생살이에서도 장수 골리앗보단 소년 다윗에게 승산이 있다 봤고요. 그래서 내가 늘 주절거리는 '만트라眞言'는 '아지못게라'입니다. 미래와 결과는 언제나 예측불허이기에 스릴과 흥분, 살맛이 나지 않나요.

2008년 '초짜' 버락 오바마가 미대선 민주당 후보로 나섰을 때 백이면 백, 내가 직간접적으로 접촉해본 모든 사람들이 다들 택도 없이 어림 반 푼의 가능성이 없다며 힐러리 클린턴의 민주당 대선 지명은 '따 논 당상foregone conclusion'이라 할 때, 나는 오바마가 지명되고 당선될 걸 확신했습니다. 그러면서 사람들에게 말했습니다. Obama has all the chances, because everybody says he has no chance. 선거 결과가 발표되고 많은 사람들로부터 축하전화를 받았지요. 나보고 족집게 '예언자 혹은 도사'라고 했지요. 지난 11월 8일에도 똑 같은 현상이 일어났지요.

어떻든 세상 일 정말 모르는 일입니다. 우리 각자가 이 세상에 태어난 것부터 어떤 사람을 만나 어떤 삶을 살다 어떤 운명을 맞게 되는 지가. 그야말로 처음 이전부터 끝 이후까지 하나부터 천만 억까지 모든 게 수수께끼라고 할 수밖에 없지 않을까요. 큰 그림은 아무도 모르니까요. 그런 만큼 어린이들처럼 소꿉놀이하듯 아주 작고 작은 '코딱지' 같은 그림을 그려가면서 신나고 재미있게 놀아볼 일뿐이 아니겠습니까. 때로는 코에는 '코딱지' 똥꼬에는 '똥딱지'까지 맛있게 뜯어먹어가면서 말이지요. 우리 모두 하나같이 '호기심딱지'일 뿐이지요.

20170430

태상 드림

친애하는 선생님

하하 전문가들은 자신이 아는 그 작은 것을 마치 세상의 정답인 냥냥 냥냥냥 떠들어대지요. 그들 세상의 정답일지 몰라도 내 답도 아니고 다른 이들의 답도 아니지요. 가끔은 저도 냥냥냥냥 거리는 소리에 멍멍 멍멍 되받아 주기도 하지만요.

선생님 혹시 집에 돗자리 있으신지요. 돗자리를 까셔도 선생님의 먹고 주무시는데 충분할 듯합니다. 그런 예언자이자 도사인 선생님이 저를 친애해주시니 저는 제 앞날에 chance들이 다가올 것에 믿어 의심치 않고 그저 '아지못게라' 즐기렵니다. 하하

매일매일이 수수께끼지요. 무작정 간 이자카야 사장님과 친구가 되어 갈 때마다 간장새우밥을 주시고, 무작정 들어간 카페 사장님과 친해지어 사장님 아들의 어린이집 이야기를 듣기도, 선생님 말씀에 커피를 자제하려 아침마다 가는 과일 주스 집에서 어느 날은 커피를 시켰더니 에스프레소를 처음 내려 불안하다며 카페라떼를 공짜로 주신 직원분……. 수수께끼입니다. 그 수수께끼 수수깡으로 알록달록 모빌을 만드는 재미가 매우 쏠쏠합니다.

사람들이 그럽니다. "아니, 무슨 여자애가 겁도 없이 처음 보는 사람한테 그렇게 말을 걸고 친해지느냐." "혼자서 위험하게 자꾸 어디를 가느냐."

무서울 게 뭐가 있고, 위험할 게 뭐가 있겠습니까. 전 세상에서 제 자신이 가장 위험하고 무서운데요. 매일매일이 위험천만, 벼랑 끝에 서있는 기분으로 스릴을 즐기지요. 마치 뭔지도 모르고 세균이 몇억 마리가 있든 말든 알게 뭐고 코딱지를 파먹고 흙을 주워 먹는, 세상에서 내가 제일 당당한 듯 거침없는 걸음과 달리기하다 제 스스로 넘어지기도 하

는 그런 천방지축 어린아이처럼요. 그래야 코딱지가 짭조름한 줄 알고, 흙이 맛없는 줄 알고, 넘어졌을 때 아픈 줄 알지요.

20170430

김미래 드림

선택
사항

친애하는 미래 님

아래의 칼럼 글 '살면서 흔히 하는 착각들' 읽고 우리 '선택사항'에
관해 얘기 좀 나눠볼까요.

이 세상의 웬만한 것은 하면 되기는 된다. 다만 무언가를 이루기
위해 얼마나 큰 고통과 긴 시간을 투자할 것인가, 그리고 인생을 얼마
나 쉽게 혹은 힘들게 살 것인가는 선택에 달려있다.

우리는 성공만이 정답이라는 착각을 하며 선택의 결과에 집착한다. 하지만 실패가 인생의 끝이 아니듯이 성공 역시 인생의 전부는 아니다. 우리는 성공을 해야 행복을 쟁취할 수 있다고 믿기 때문에 우리가 실패라고 믿는 결과를 두려워하지만, 실패가 우리를 넘어뜨릴 것인가 아니면 더 굳건히 일으켜 세울 것인가 역시 우리의 선택에 달렸다. 그러니 무엇을 선택하든, 제 3자가 나서서 당신의 선택이 옳았네, 틀렸네 라고 할 수 있을까?

우리는 그저 감정에 따라 한 선택을 정답이라고 착각한다. 우리는 매 순간 그런 선택들을 하면서 살아가고 있을 뿐이다. 삶에는 최선의 선택이 있을 뿐 완벽한 선택은 없다.

– 이지연 변호사 칼럼 '살면서 흔히 하는 착각들' 중에서

20170427

이태상 드림

친애하는 선생님

21살 때, 한참 학교를 다닐 때이지만 제일모직에 인턴자리를 추천받

앉았고, 학교를 휴학을 해서라도 꼭 그 일을 해보고 싶었습니다. 하지만 그때 몸무게가 40키로까지 떨어질 정도로 몸이 안 좋았고, 음식을 먹는 족족 토해내는 거식증환자였습니다.

자존심을 치켜세우려 시작한 다이어트와 동시, 능력 있는 여성이 되기 위해 일을 무척이나 많이 벌려놓았고, 그로 인해 하루 2-3시간의 수면시간과 영양 부족으로 얻은 병이었지요. 부모님은 그런 저를 정신병환자, 인간 아닌 해골로 보시어 저를 불신하게 되셨습니다. 그 꼴로 일이 하고 싶다 하니 당연히 부모님은 반대를 하셨지요. 전 당시 생활과학대학 학장님이셨던 의류학과 박정희 교수님께 면담을 요청 드렸고 제 고민을 털어놓았습니다. "교수님. 제게 지금 온 이 기회를 꼭 잡고 싶습니다. 하지만 부모님은 반대를 하십니다." 그 때 교수님은 이렇게 말씀하셨습니다.

"세상에 정답은 없어요, 미래학생. 최선의 해답만 있을 뿐. 모든 선택에 후회하지 않는 법은 최선을 다하는 것이에요. 학교를 다니든 휴학을 하고 회사를 들어가든 그 어떤 것도 정답은 아닙니다. 선택한 것에 후회 없을 최선을 다한다면 최고의 해답이 될 거에요."

교수님은 제 선택을 지지해주셨고, 저희 아버지와 친히 통화를 해주셔 저희 부모님을 설득해주셨죠. 정답은 없지만 통계치에 따른 가까운 정답은 있겠지요. 하지만 매번 바뀌는 세상에서 한 때의 통계치가 계속 그 정답의 해석이 될 수는 없겠지요. 20살 이후 만 5년 동안 많은 선택의 순간들이 있었습니다. 앞뒤 따지기보다는 좋으면 좋은 거고 싫으면 싫은 즉흥적인 행보를 해와서인지 세상은 이를 '선택'이라 칭했지만 전 그닥 좋은 '선택'이라 생각 들지 않더랍니다. 무언가를 내가 선택했다기보다는 내가 무언가에 뛰어들었다 함이 맞는 것 같습니다. 홍대 젊음의 거리를 걷다가 아련한 음색이 들려오면 나도 모르게 몸이 이끌리지요. 가까이 다가가 음미하듯이, 선택이라는 것 또한 자석처럼 이끌려 후회 없이 음미하는 것 아닐까요.

'미래 씨. 지금 선택한 길에 후회는 없나요?'

후회라는 단어가 이 질문에 있는 것이 우습습니다. 선택이고 후회고 뭐고 따져서 뭐하고, 짧은 인생 신나게 즐기고자 걷는 여정의 길인 것을. 바람에 몸 맡겨 Blowin' in the wind 매 순간 만끽하다 가면 그만인 것을. 그러다보면 선택, 후회, 정답이라는 단어들이 무색해지는 것을요!

20170429

김미래 드림

태미사변

친애하는 미래 님

와아아! 너무 너무 멋있다. 이 이상의 진실과 진리가 또 어디 있겠습니까? 박정희 교수님께서 천지당 만지당하신 귀중한 말씀을 해주셨네요. 이 말씀을 잘 새겨 따르신 미래님도 너무 너무 현명하고 훌륭합니다.

‘어레인보우’의 영문판 ‘Cosmos Cantata: A Seeker's Cosmic Journey’의 Afterword: All's Wondrous Serendipity에 내가 적은 글은 다음과 같습니다.

"So I learned by experience that the best way not to be disappointed and preferring instead to be happily surprised is to be prepared right from the outset for the very worst, rather than hoping for the best. Am I then a pessimist, not an optimist? I think I'm neither. Early on I decided to be a 'contentist' contenting myself with doing my best and utmost and with being my true self, the way I was born to be, be the outcome what it may."

내가 쓰라린 경험을 통해 비로소 터득한^{what I learned the hard way} 이 진실과 진리를 어쩌면 미래 님께서는 타고나면서부터 알고 그대로 살아오셨는지 놀라 자빠져버릴 일이네요. 미래 님이야말로 천부의 '천재, 만재'이십니다. 기똥차서 어안이 벙벙 벌어진 입이 다물어지질 않네요.

Just so amazing and wonderful. Bravo! Cheers!!

20170430

태상 드림

우스갯
소리

친애하는 미래 님

　그동안 미래 님과 내가 전자 메일로 이렇게 '손manual'이 아니고 '손가락digital' 편지를 교환하는 펜팔pen pal이 되어 그것도 좀 떫도록 너무 심각하게 고답적인 얘기를 해왔으니 오늘은 좀 가볍게 저답적인 우스갯소리 하나 해보고 싶네요.

　오늘 아침 출근하니 스페인어로 법정 통역을 하는 한 동료가 "자지penis와 보지vagina 둘 중에 어느 것이 더 현대적인지 아느냐"고 퀴즈를 내기에 모르겠다고 내가 대답하자 그 정답은 후자라면서 이유까지 친절히 설명해 주더라고요. 전자 '자지'는 수동적手動的^{manual}이고 후자 '보지'는 수지동적手指動的^{digital}이기 때문이라나요.

이런 말을 서양에서는 '더러운 농담^{dirty joke}'이라 하지요. 눈 가리고 야옹 하는 식의 위선적인 반어법에 철저하게 세뇌되고 익숙해져서인지 세상 사람들은 '깨끗한'걸 '더럽다'고 하는데, 자, 이제 우리 자못 진지하게 생각 좀 해볼까요. 샘물도 뽑아 쓰지 않아 고여 있으면 썩어 더러워지고, 먹고 마시는 걸 싸지 않고 뱃속에 지니고만 있으면 오장 육부가 마냥 더러워지다 못해 암 덩어리로 변하지 않겠어요.

앞의 퀴즈로 돌아가 둘 중에 어떤 게 더 현대적이냐는 물음은 어떤 게 더 원시적이냐는 물음과 같다고 나는 생각합니다. 나 자신을 포함해 남녀 불문하고 우리 모두의 영원한 고향, 내가 좋아하는 독일어로는 '하이마트^{Heimat}'는 '자지'가 아니고 '보지'인 까닭에서죠.

20170429

태상 드림

태미사변

친애하는 선생님

우스갯소리가 가끔은 공중에 가벼이 쉽게 떠올라 바람을 타듯 더욱
이 진실 되지요. 하하 자지는 manual하고 보지는 digital이라 하심에
'digital'의 사전 의미를 찾아보았습니다.

'디지털을 이용한 미디어의 특징은 고밀도화, 쌍방향화, 데이터베이
스화로 요약될 수 있다.'

고밀도화, 쌍방향화, 데이터베이스화라…… 약 한 달 동안의 긴 시
간동안 단 하나의 난자만을 배출하니 고밀도 맞습니다. manual한 것
을 품기도, 묽은 물을 뿌리기도 하니 쌍방향화 맞습니다. 여자의 digital
한 것은 단 한 번의 품음까지도 기억할 수 있습니다. 그렇게 데이터는
쌓이고 쌓여 아름다운 쌍방향적 매개체가 되려 하지요.

남성의 것이 수많은 올챙이를 세상 밖으로 뿜어 정화하듯, 여성은 고
귀한 난자를 속에 담다가 한 달에 한 번만 배출할 수 있지만, 여성도 냉
이라는 것을 뿜어내어 정화됨을 느끼지요. 쌍방향적인 digital이라지만
no no, 수동적으로 젖을 때 sex와 사랑의 일체감을 느낄 수 있으니까
요. 하하 이렇게 말하고 보니 sex와 사랑, 그리고 삶은 삼위일체일 때
가장 아름답네요!

우스갯소리라 하심에 우스갯소리로 히히덕 답하니 하하 참 가벼이 진리에 도달했네요.

20170429

김미래 드림

친애하는 미래 님

WOW! 정말 어질어질 어지럽도록 경이롭습니다. 내가 단세포 아메바 같은 남성의 자지를 대표한다면 미래님은 복잡 미묘하고 심오하기 이를 데 없는 우주의 자궁 같은 신묘하고 절묘하며 신비롭기 그지없는 여성의 보지를 대표하십니다. 이야말로 고차원인지 저차원인지 모르겠지만 보다 본질적이고 실존적인 포르노네요.

Rotantata

If you see the moon You see the beauty of God.

If you see the Sun You see the power of God.

And If you see the Mirror You see the best Creation of GOD

태미사변

So Believe in YOURSELF

We all are tourists & God is our travel agent

who already fixed all our Routes

Reservations & Destinations.

So! Trust him & Enjoy the "Trip" Called LIFE

- Nice line from Ratan Tata's Lecture in London 1/4/17 중에서

20170429

태상 드림

친애하는 선생님

저 자신을 포함한 우주 만물이 탄생하고 흘러가는 원동력이 무엇인지는 모르지만 분명 있다고는 생각합니다. 하지만 그것을 한 단어로 정의된 God이라고 생각하지는 않습니다. 무엇 하나 특정하게 지칭하는 순간 그 이름에 맹목적으로 갈망하고 기대할 것이 두렵고, 극히 일방적이라 느껴지기 때문입니다. 아무리 사람들이 신, God이라 할지언정 전

그저 운명을 믿지요.

전 이렇게 바꾸고 싶습니다.

We all are tourists & Our invisible travel agent already fixed all our Routes Reservations & Destinations.

So! Just Enjoy the "Trip" Called LIFE…….

God이 Him이 되는 것도 사실 싫으며, 그저 미지의 agent로 두고 싶습니다. 그 Agent가 이미 내 여행코스를 짜놓았다면 전 거기에 몸을 맡긴 채 즐기지요. 즐기다보면 그 agent가 저를 어디에 내려줄지, 무엇을 보게 할지, 누구를 만나게 할지 모르니까요. 전 그 Tour의 버스에 선생님과 함께 타고 있네요!

"안녕하세요, 전 김미래라고 합니다! 지금 가고 있는 여행지는 '태미'라고 하네요. 참 진기한 인연 아닙니까! 다음 여행지는 또 어디가 될지요!"

20170426

김미래 드림

친애하는 미래님

"안녕하세요, 전 김미래라고 합니다! 지금 가고 있는 여행지는 '태미'라고 하네요. 참 진기한 인연 아닙니까! 다음 여행지는 또 어디가 될지요!"

"아, 안녕하세요. 난 이태상이라고 합니다. 반갑습니다. 아이유, '태미'행이 맞네요! '아이(I) 유(U)' 말입니다."

세상엔 무신론자atheist로 자처하는 사람들이 있지만 이들도 신적인 존재를 부정하는 게 아니고 다만 독선 독단적이고 아전인수식 위선에 찬 기성 조직화된 종교에 거부반응을 보이는 사람들(나 자신을 포함해)이라고 생각합니다. 인류역사를 통해 '신'의 이름을 팔고 빙자한 끔찍하고 잔악무도한 살육지변이 일어나고, 아직까지도 계속해서 엄청난 사기행각이 벌어지고 있지 않습니까!

'GOD' 또는 'dog' 아니면 또 뭐라 우리가 부르든 간에, 신적인 존재가 있다면 '하늘에 계신 우리 아버지Our Heavenly Father'라기보다는 '땅속에 계신 우리 어머니Our Earthly Mother'라 해야 옳다고 나는 생각합니다. 폭력과 전쟁을 일삼는 남성보다는 생명의 씨를 받아 잉태해서는 산고를 치르고 애를 낳아 지극정성으로 키워주시는, 사랑과 평화의 화신인 여성이 '신성'에 더 가깝다고 믿기 때문이죠. 그뿐만 아니라 나는 모든 어린이가 '신성'의 아바타 꼬마 하나님이라고 보는 까닭에서죠.

앞에서도 언급한 바 있지만 인간은 신적인 '신성'과 동물적인 야수의 '수성'을 동시에 갖고 태어났기에, 우리 개개인 각자가 신성과 영성을 살려 자기 자신을 '하나님'으로 진화 발전시키고 승화되어 '코스모스'로 피어나든가, 아니면 짐승보다도 못한 인간 이하로 타락해 밑도 끝도 모를 카오스 Black Hole 속으로 추락하든가, 취사선택의 여지가 있다는 거지요. 하지만 누가 압니까. 또 다른 Big Bang을 통해 새로운 '하나님' 아니 음양 '둘님'인 '태미'가 '코스모스'로 부활 환생하게 될는지.

20170426

태상 드림

친애하는 선생님

땅에서 나고 자란 음식을 먹고 기운을 받으며, 그러한 은혜로운 땅임에도 밟고 올라서 평생을 살아가는 사람들. 아무리 밟고 짓이기고 부수어도 변함없이 아낌없는 풍요를 주는 땅. 그 땅은 자식 못이기는 부모, 어머니의 마음이네요.

이 복잡한 서울의 땅은 콘크리트로 뒤덮여 태초의 모래, 풀잎을 밟을 수 있기가 정말 쉽지 아니합니다. 며칠 전 강릉에서 밟은 땅의 모래는 아기의 손꼼지락거림 같기도, 어릴 적 배가 아프면 살살 문질러주시던 어머니의 손길 같기도 하더랍니다.

정말인지 세상을 보고 느끼기에 일생은 너무 짧습니다!

20170429

김미래 드림

친애하는 미래 님

'정말인지 세상을 보고 느끼기에 일생은 너무 짧습니다!' 아. 아 정말이지 그렇고말고요.

짧으니까 아름답다

아, 덧없는 삶이여,

그리운 임이여,

모든 것 모두를

죽도록 사랑하리.

아, 순간순간 삶 그 자체에

더할 수 없이 만취되도록,

미치도록, 죽도록 사랑해보리.

20170430

태상 드림

내 삶의 진짜 주인은
나야 나

경애하는 미래 님

그동안 살아온 지난 80여 년의 내 삶을 돌아보면, '코스미안 어레인보우'의 소제 '어린애가 하나님'과 소제 '돌아가 돌아갈거나 원점으로'와 '그러니까 사랑이다'의 소제 '되찾을 나'에서도 밝혔듯이 진짜 나 자신을 발견하는 구도의 도정이었다고 말할 수 있을 것 같습니다. 이 과정을 지난 2011년 5월부터 출간되어온 10여 권의 저서와 역서를 통해 기술해 놨지요.

이 같은 과정을 한마디로 소크라테스는 '너 자신을 알라'고 했고,

예수는 '어린애 같지 않으면 천국에 들 수 없다'고 했으며, 석가모니는 태어나 일곱 발자국을 걷고 첫 일성으로 '천상천하 유아독존'이라 했다지요. 이게 사실이었었다면 셋 중에 석가모니가 가장 조숙했었나 보지요.

어떻든 이 '인생지침'에 관한 칼럼 글 '내 삶의 진짜 주인!'을 함께 보내드리지만, 실은 미래 님 읽어보시라는 건 아니고, 내가 다 늙어서야 겨우 깨닫게 된 점을 확인 또 재확인하면서 나 자신에게 다짐 또 재 다짐하기 위해서랍니다. 내가 보건대 미래 님은 석가모니 못지않게 아주 어릴 때부터 '골찬당 중에 골찬당'이 되어 제 삶의 진짜 주인으로 살아오고 있는 까닭이죠. 정말 사실이 아닙니까.

한인사회에 '부처님 오신 날'을 즈음하여 가장 많이 회자되는 문장은 바로 천상천하 유아독존天上天下 唯我獨尊 삼계개고 아당안지三界皆苦 我當安之이다. 이는 '하늘 위 하늘 아래 오직 나 홀로 존귀하도. 삼계가 괴로움에 빠져 있으니 내 마땅히 이를 편안케 하리라'는 뜻이다.

불교신자가 아닌 사람들은 '유아독존'을 잘못 새기면 '단순히 나만이 최고'라고 여긴다. 마치 자기만을 위하고 남을 무시하는 것 같은 마음가짐의 본보기로 알기 쉽다. 그렇지 않다. 불교에서의 천상천하 유아독존은 우리 스스로가 세상에서 가장 존귀한 생명이라는 사실을 알려주는 사자후다. '신들의 세계와 인간의 세계를 통틀어서 자신의 존재보다 더 소중한 것은 없다'라는 선언인 셈이다.

내가 존귀한 만큼 남도 소중한 법이다. 내가 자유롭고 행복해 졌으면 주위 사람도 자유와 행복을 마음껏 누리도록 도와주어야 한다. 이것이 삼계개고 아당안지三界皆苦 我當安之의 뜻이다. 나만이 아니라 가족, 이웃 등도 함께 행복을 누릴 수 있도록 만들어 가야 한다는 의미다.

'천상천하 유아독존, 삼계개고 아당안지'는 '내 삶의 진짜 주인은 나', '내가 존귀한 만큼 남도 소중하다'는 뜻을 담고 있다. 이는 5월 가정의 달에 꼭 가슴에 새겨야 할 인생지침이다.

– 연창흠 논설위원 칼럼 '내 삶의 진짜 주인' 중에서

20170502

태상 드림

경애하는 선생님

지난 80여 년간의 시간동안 선생님은 매일이 새로운 모험과 도전으로 구도의 도정을 걸으셨지요. '어레인보우' 책에서의 선생님의 걸음과 호흡들은 선생님의 삶의 주인은 정말 선생님이셨습니다.

어리디 어릴 적부터 지금의 20~30대들은 절대 상상할 수도 내딛을 수도 없는 길을 걸으셨고, 싫은 것에 싫다 말하시며 좋은 것은 좋아한다 외치셨으며, 사랑함에 당당히 사랑하시어 선생님은 곧 선생님이셨습니다. 제가 첫 번째로 읽은 선생님의 책이 '어레인보우'인데, 전 그렇게 처음으로 선생님의 인생을 간접적으로 살아봄으로써 제게 시공간을 초월한 우주를 선사하였습니다. 깨닫는 것도 중요하겠지만, 자신이 곧 자신이 되어 올곧은 자신으로 평생을 걸으셨다는 것만으로도 선생님은 이미 그 자체로써 '골찬당 중에 골찬당'이셔왔고, 제 삶의 진짜 주인이셨습니다.

천상천하 유아독존, 삼계개고 아당안지 : 내 삶의 진짜 주인은 나, 내가 존귀한 만큼 남도 소중하다.

천상천하 유아독존. 옛날 개그콘서트에서 개그맨 이정수 님이 봉숭아학당 코너에서 '천상천하! 유아독존'하며 선도부 복장을 하고 개그를 했었지요. 그래서인지 그 개그프로그램의 코너를 본 한국인들은 '천상천하 유아독존'은 굉장히 독재적이고 자신만의 나르시시즘에 빠진 사람들(내가 최고이자 정답이야!)을 일컫는 것으로 많이들 받아들이고 있습니다. 하지만 이정수 님은 웃음을 위해 이 귀한 석가모니의 뜻을 잘못 퍼트렸네요. 이에 이어지는 '삼계개고 아당안지'의 의미를 자연스럽게 생략하게끔 만든 그를 만난다면 전 등짝을 때려주렵니다.

제가 존귀한 만큼 다른 이들도 존귀합니다. 그들과 저의 과거, 현재, 미래는 상호작용하고 있고, 그렇게 우리의 연은 합을 만들어 내어 또 다른 연과 합을 만들어 낼 테지요. 그들의 존귀가 있기에 제가 존귀할 수 있고, 제가 존귀하기에 그들도 존귀하겠지요.

저는 제 삶의 주인입니다. 물론 그들도 그들의 삶의 주인이지요. 그 각자의 삶이라는 집 주인으로서 이웃사촌이 되어 신나게 만나 신나게 떠들고 놀아보렵니다. 정말 하루 하루 수수께끼 인생, 이토록 재밌을 수 있을까요.

내일은 석가탄신일. 부처님 오신 날이지요. 불교신자든 아니든 한지로 만든 연꽃등에 이름을 적어 연꽃 풀잎에 달아 부처님께 앞으로의 내일들을 기도하지요. 전 연꽃 사진을 프린팅하여 아래에 사랑하는 사람들 이름 적어 붙여 하늘의 부처님과의 무형의 연결고리인 햇빛이 그득히 들어오는 창문에 붙이여 기도하렵니다. '제가 사랑하는 사람들, 사랑했던 사람들, 앞으로 사랑할 사람들. 모두 모두 건강히 뛰놀기를!'

20170502

김미래 드림

친애하는 미래 님

'정말 하루하루 수수께끼 인생, 이토록 재밌을 수 있을까요.'

이게 바로 '불성'과 '신성'을 갖고 태어난 '어린이' 곧 '하나님'인 우리 모두 본연의 모습이 아니던가요. 그런데도 대부분의 사람들은 안타깝고 애처롭게도, 자라면서 이 순수한 동심을 잃어버리고 불행해지는데, 정말 경이롭고 경탄스럽게도 미래 님은 어린애 그대로 카오스 같은 세상에서도 코스모스동산을 찾아 신나게 뛰놀고 있으니, 이 얼마나 다행스럽고 더할 수 없이 크나큰 축복입니까! 비나이다. 비나이다. 천지신명께 비나이다. 우리 모두 이렇게 살 수 있도록 도우소서.

20170502

태상 드림

주연과
조연

친애하는 미래 님

　우리 수많은 조연들의 음덕을 잠시도 잊지 않기 위해 칼럼 글 '은은 예찬' 보내드립니다.

　은은함에는 겸손함이 묻어 있다. 은은함의 빛남이 좋다. 은은함에는 눈부심이 있다. 은은한 사람을 만나면 탄광에서 보석을 채취한 기분이다. 후우- 불면 엷은 섬광이 빛나고 깊은 내면이 돋보인다.

　삶에도 은은함이 있는 것처럼 냄새에도 은은함이 있다. 인간의 육감 중 뇌와 가장 가까운 감각은 후각이라고 한다. 생각해 보니 삶이 모든 기억들이 냄새였다. 젊음도 냄새였고 추억도 냄새였고 사랑도 냄새였다.

향기가 있는 꽃들은 대부분 잎에 비해 꽃이 작다. 잘잘한 꽃무더기가 잎에 가리어져 얼핏 보면 꽃이 보이지 않는 것들도 무수하다. 라일락이 그렇고 린덴츄리가 그렇고 아카시아가 그렇다. 향기 있는 것들은 조촐하다. 장미나 우뚝 선 해바라기와는 달리 수줍은 듯 나뭇잎에 가려져 작은 눈으로 세상을 본다. 은은한 향기로 말을 건다. 은은함은 직선보다 곡선이다. 보색補色보다 여색대비餘色對比다. 음표라기보다 쉼표다. 세상 모든 작은 꽃들이여! 모퉁이에 서 있다 할지라도 향기가 말하리라.

　　　　　　　　　- 김은자 시인 칼럼, '은은예찬禮讚' 중에서

　　　　　　　　　　　　　　　20170503

　　　　　　　　　　　　　　　이태상 드림

경애하는 선생님

저는 조연이 되고자 하는가 주연이 되고자 하는가 생각해보았습니다. 전 은은한 향기를 주는 작은 들꽃에 자세 낮추어 눈높이 맞추는 조연도 주연도 아닌 관람객이 되고 싶습니다. 저를 보는 사람들에 따라 조연이 될 수도, 주연이 될 수도 있지만요. 내가 나를 조연인지 주연인지 모르니 전 관람객이 되렵니다.

작고 낮게 핀 들꽃에게 자세를 낮춤은 이에 대한 존경을 표하는 것 아닐까요. 얼마 전 강릉에 갔을 때, 숙박 예약한 건물 앞에 종을 알 수 없는 강아지가 묶여 저를 뚫어져라 쳐다보더군요. 자세히 보니 낡디 낡은 목줄에 묶여 있어 반경 1m이상을 뛰지 못하더랍니다. 어찌나 마음이 아프던지, 그 아이에게 나라도 존중을 표하고 싶어 자세를 최대한 낮추어 긴장한 그 눈을 바라보았지요. 그랬더니 그 아이도 저에게 존중을 표하는 것이었던 걸까요, 아님 상대의 낮춤에 마음이 놓였던 걸까요, 스르르 바닥에 몸을 내리깔아 제게도 존중을 표하는 게 아닙니까! 그러더니 하품을 하고 눈을 껌뻑거리더니 졸린 눈을 하더군요. 원하지 않는, 절대 예상하지도 못했을 오랜, 아니 앞으로 평생일 수도 있는 그 속박에 매인 채 상처받았을 영혼에게 평안을 주었다 여기니 너무 뿌듯하였습니다!

은은함에 존경을 표함에 그 은은함도 제게 존경을 표합니다. 조연을
잊지 않을 때 그 조연은 누군가에게는 주연입니다.

20170503

김미래 드림

경애하는 미래 님

'은은함에 존경을 표함에 그 은은함도 제게 존경을 표합니다. 조연
을 잊지 않을 때 그 조연은 누군가에게는 주연입니다.'

Wow, how profound observation! 정말 경이롭고 경탄스럽습니다!
입신의 경지이시네요. 참으로 신동이십니다. 맞습니다. 우린 모두
제 각기 각자 대로 주연이고 조연이며 관람객이면서 관찰자가 되는
게 아니겠습니까.

내가 젊어서 첫 직장으로 갖게 된 신문사 기자직을 잠시 해보고 바
로 그만 둔 이유 중에 하나가 인생이란 연극 관람석의 관객이 아닌 무
대 위의 배우가 되어보고 싶어서였지요. 하지만 우린 모두 배우인 동

태미사변

시에 관객이 아닙니까.

언젠가 연극인 윤문식 씨가 한 인터뷰에서 말씀하시더군요. 배우의 입장에선 주연보다 조연이 훨씬 더 흥미롭고 보람되다고. 조연들이 잘해줘야 주연이 빛날 수 있다며. 어떻든 주연과 조연이, 배우와 관객이, 하나 될 때 그 연극도 살아나지 않겠습니까. 그 연극의 극본을 그 누가 쓰는지는 알 수 없어도 말입니다. 사람들은 그 시나리오 작가를 신이니 운명이니 사주팔자 소관이라 하지요.

미래 님과 내가 아직 직접 상면조차 못해본 상태에서 벌써 두 달 가까이 날이면 날마다 이렇게 e-mail로 시간과 공간 그리고 모든 상식적인 규범과 경계, 그리고 타부^{Taboo}까지 초월해서 어떤 거리낌이나 허물도 없이 내밀한 부분까지 숨김없이 나눠 교감 교신 교심하게 된 것이 그 어떤 인연인지 지연인지 천연인지 불가사의할 뿐이네요.

20170503
태상 드림

경애하는 선생님

저 또한 사진과 글로만 뵈었지, 직접적으로 얼굴도 못 뵙지만 이리도 교감하고 있다는 것이 놀라울 따름입니다. 그래서 시공간은 규범 같은 것일 뿐, 초월할 수 있다는 것을 제 심장은 알게 되었다고 외치지요.

이전에 '선생님은 제 삶이라는 시나리오의 영화의 주연이십니다.' 말씀드렸었지요! 선생님은 빛나는 주연이시자, '태미' 영화에 저를 밝혀주시는 찬란한 빛의 조연이십니다. 저 또한 선생님을 빛내는 조연이구요. 선생님과 저, 그리고 태미는 이 영화들의 관람객이 되어 다시 심장으로 느끼며 되새기고 또 되새기고 있지요. 이런 교감, 교신, 교심이 찰나 같은 인생의 순간에 몇 번이나 찾아 올지요. 이 하늘의 인연이 너무나도 감사하여 하늘에게 감사를 띄워 올립니다.

20170505

김미래 드림

태미사변

생각하는
백성이라야 산다

친애하는 미래 님

내가 젊었을 때 칼릴 지브란의 작품 '반항의 정신Spirits Rebellious'과 '골짜기의 요정들Nymphs of the Valley'을 번역해 1950~1960년대 독재정권에 맞섰던 비판적 지성지 '사상계思想界'에 기고했었지요. 그리고 그 후 1978년 육문사育文社에서 합본으로 출간되었습니다. '사상계'는 한국동란 중인 1952년 문교부 산하 국민사상연구원의 기관지 '사상'에서 출발했으나 '사상'의 편집인으로 참여했던 장준하 선생께서 1953년 4월 이 잡지를 인수해 제호를 '사상계'로 바꾸고 월간 종합교양지를 만든 것입니다.

장준하 선생께서 1967년 국회의원에 당선되면서 발행인이 부완혁 선생으로 바뀌었습니다. 1970년 4월 미국 대학교재 출판사 Prentice-Hall 한국 대표로 근무할 때 부완혁 선생님의 간곡한 요청을 받고 당시 회사일로 일본 출장을 다녀 온 후 5월부터 '사상계'의 '무보수 게릴라' 편집장 일을 보기로 했었는데 내가 일본에 체재 중 그 해 5월호(205호)에 실린 김지하의 '오적'이라는 시 때문에 폐간되고 말았지요. 그때 부완혁 선생님께서 내게 귀띔해주신 말씀이 잊혀지지 않네요. 정부의 관심을 끌어 '한 자리' 오퍼를 받기 위해 짐짓 신랄한 비판의 글을 쓰는 자들이 있으니 '사상계' 실릴 원고 청탁할 때 이런 사이비 학자나 평론가들을 기피하라는 말씀이셨습니다.

김지하 씨는 서울 문리대 후배로 내가 신문사 기자직을 버리고 경영했던 이색주점 대폿집 '해심海心'(한 벽면에는 내 자작시 '바다'가 또 다른 벽면에는 '코스모스' 시화詩畵가 걸렸었던)의 단골손님이었지요.

아래에 보내드리는 '생각하는 백성이라야 산다'는 사상계 1958년 8월 61호에 실렸던 글입니다. 함석헌 선생님의 절규는 아직도 아니 오늘날에 와선 그 더욱 절실히 우리가 새기고 또 새겨야 할 내용입니다. 한 나라 민족과 백성, 한 국가의 국민으로서만 아니고 한 사람 한 사람 개개인으로서도 민족답게 국민답게 사람답게 살려면 어서 '골빈당'을 졸업하고 '골찬당'이 되어 머리 굴리지 말고 '가슴 뛰는 대로 살아야' 할 일이 우리 모두의 중차대한 지상의 과제가 아니겠습니까.

태미사변

6·25 싸움은 왜 있었나? 우리는 고래 싸움에 등이 터진 새우다. 그러나 아무리 싸움은 다른 놈이 했다 하더라도 우리는 왜 남의 미끼가 됐던가?

남쪽 동포도 북쪽 동포도, 쳐들어온다니 정말 대적으로 알고 같이 총칼을 들었지, 어느 한 사람도 팔을 벌리고 "들어오너라. 너를 대항해 죽이기보다는 나는 차라리 네 칼에 죽는 것이 맘이 편하다. 땅이 소원이면 가져라, 물자가 목적이면 맘대로 해라, 정권이 쥐고 싶어 그런다면 그대로 하려무나. 내가 그것을 너와야 바꾸겠느냐?" 한 사람은 없었다. 대항하지 않으면, 그저 살겠다고 도망을 쳤을 뿐이다. 그것이 자유하는 혼인가? 사랑하는 맘인가?

서로 이겼노라 했다. 형제 싸움에 서로 이겼노라니 정말은 진 것 아닌가? 어떤 승전축하를 할까? 슬피 울어도 부족할 일인데. 어느 군인도 어느 장교도 주는 훈장 자랑으로 달고 다녔지, "형제를 죽이고 훈장이 무슨 훈장이냐?" 하고 떼어 던진 것을 보지 못했다.

– 함석헌, '생각하는 백성이라야 산다' 중에서

20170501

태상 드림

188

경애하는 선생님

대한민국의 역사가 고스란히 담겨있는 사상계와 함께 하셨다니! 입이 다물어지지를 않습니다. 선생님이 써 내려오신, 걸어오신 역사는 곧이 땅의 역사임이 분명합니다. 제가 선생님을 만나 뵈어 세상을 깨우쳐 가듯, 아니 제 자신을 깨우쳐가고 다른 자신인 남을 소중히 여길 줄 알아가듯, 선생님 곁에는 그러한 소중한 귀인님들이 있었습니다! 제가 가진 것을 나만 가지고 있으려 손을 꼭 쥐지 아니하고, 활짝 손바닥 피어 내미셨던 그 분들은 개인은 우주의 먼지에 불과하여 다른 먼지들과 함께 뭉칠 수 있을 때 더 묵직이 단단해질 수 있음을 몸소 보이신 어두운 하늘 위 빛나는 별들이십니다.

함석헌 선생님이 말씀하신, '생각하는 백성이라야 산다.' 돈키호테도 말하길 '행동한다, 고로 존재한다.'라 하지 않았습니까. 머리만 굴리지 않고 가슴 뛰는 대로 생각하고 행동한다면 백성 한 명 한 명이 존재하게 되고, 그렇게 나라가 존재할 수 있겠지요.

역사를 간과하고 현재와 내일만을 보려 한 제 자신이 부끄러워집니다. 늦었지만 더 늦기 전에 과거를 잊지 말자는 마음에 이런 저런 기사들을 읽었습니다. 언론인 천관우님의 '신문은 오늘의 역사요 역사는 어제의 신문이다.'(천관우의 언관사관)처럼 어제의 신문을 알아야 오늘의 역사를 이어 써내려갈 수 있을 것이고, 다가오는 내일, 그리고 미래 또한 당당히 걸을 수 있겠다는 생각이 들며 크게 한대 얻어맞은 듯했습니다. 답장을 바로 드리지 못한 이유도 거기에 있습니다. 곧 이 나라의 역사를 쓰신 함석헌 선생님의 글에 앎 없이 무례히 글을 쓸 수는 없었습니다. 더 풍부한 생각을 위해, 이 대한민국 땅 위에 진정으로 존재하기 위해 전 더 알아야합니다.

'골빈당' 아닌 진정 '골찬당'이 되겠습니다.

20170503

김미래 드림

경애하는 미래 님

미래 님께선 미래 님의 이름값을 꼭 좀 해주셔야 하겠습니다.

기회 닿는 대로 함석헌 선생님의 '뜻으로 본 한국역사' 일독을 권면해보고 싶습니다. 나도 청소년 시절 이 글을 읽고 한 때 큰 꿈을 꾸며 돈키호테식의 객기를 부려봤으나 허무하게 끝나버렸지요. 그런데 미래 님을 만나 소통해오면서 이 옛날의 내 꿈이 되살아나고 있습니다. 내가 이루지 못한 대망의 꿈을 미래 님이 꼭 성취해주실 수 있으리란 희망과 확신을 갖게 됐습니다.

'학생이 배울 준비가 되는 순간 스승이 나타난다.'는 말이 있고, 전에도 언급한 것 같지만 영어로 표현해서 'For anything to happen anytime anywhere, the whole universe has to conspire.'라고 매사에 제 때가 따로 있는가 봅니다. 예수가 등장하기 전에 세례 요한이 있었듯이 말이지요. 김일성, 김정일, 김정은 그리고 이승만, 박정희……. 박근혜까지 이분들이 자신 스스로를 희생해가면서 미래 님이 어두운 밤하늘에 찬란히 빛날 수 있도록 '반면교사'를 잘해오지 않았을까요.

가슴 깊이 새겨 진짜 대망의 크나 큰 기업의 CEO가 되어주시기를 진심 진혼으로 앙망합니다.

20170503

태상 드림

경애하는 선생님

제가 선생님의 꿈을 되살렸다니, 그것도 대망의 꿈을!

선생님께 대망의 꿈을 꾸게 한 함석헌 선생님의 '뜻으로 본 한국역사'를 정신적 쌍둥이로서 꼭 읽도록 하겠습니다. 과거도 현재도 미래도 같은 선상에 있는 것이라면, 전 아직 그 선을 구성하는 단 하나의 점밖에는 알지 못하고 있는 듯합니다. 끊임없이 길어지는 그 선을 평생 다 알 수는 없겠지만 허공에 떠있는 점으로 그치고 싶지는 않습니다. 절대.

제가 할 수 있을지요, 선생님. 인생 온갖 것이 수수께끼라 매일, 매 순간 제 이상을 보기도, 제 이하를 보기도 합니다. 이상을 보았을 때는 기쁘기 그지없으나 이하를 보았을 때는 제 자신을 하염없이 채찍질하게 되지요. 그렇게 다시 이상으로 뛰어오를 수 있겠지만요. 이 말이 다시 또 떠오릅니다.

'If you wanna go fast, go alone. If you wanna go far, go together.'

선생님과 함께하기에 제가 걸을 수 있는 길은 더욱이 넓어지고 점점 대망의 꿈에 가까워지겠지요!

192

저는 손에 다한증이 심하여 휴지를 항상 들고 다니며 닦지 않으면 제가 잡는 모든 것은 젖어버립니다. 그래서 사실 누군가와 악수를 해야 할 때면 그 찝찝함을 옮겨드리는 것 같아 미안해집니다. 제 여정의 도에서 다한증으로 항상 땀에 젖어있는 제 손을 아무 조건 없이 따사로이 잡아주시어 정말 감사해요. 정말.

20170505

김미래 드림

네 안의
네 별빛을 보거라

친애하는 미래 님

윤동주의 시 '눈감고 간다'를 함께 낭독하며 의견 좀 나눠볼까요.

눈 감고 간다

태양을 사모하는 아이들아

별을 사랑하는 아이들아

밤이 어두웠는데

눈감고 가거라.

가진 바 씨앗을
뿌리면서 가거라.

발부리에 돌이 채이거든
감았던 눈을 와짝 떠라

20170423

태상 드림

친애하는 선생님

눈감고 간다. 저는 작년 여름, 몸에 문신을 새겨 넣었습니다. 그 문신의 그림은 눈의 눈동자가 물방울 모양이며 그 사이를 대각선으로 화살표가 찌르고 있지요. 지칠 때면 눈이 건조한 듯 피곤하여 제대로 된 걸음을 할 수 없으니 촉촉한 눈망울로 망설임 없이 앞으로 걸어 나아가자는 의미로 새겼습니다. 그 촉촉한 눈망울은 간절함이 될 수도, 어린 아이들의 맑은 총명함이 될 수도요. 이를 평생 몸에 지닐 제가 읽은 '눈감고 간다'는 매우 당황스럽습니다. 어두움 속이여도 저 멀리 희미하게 보이는 빛을 따라 험한 길, 판판한 길 무엇이든 미친 듯이 걷고자 하는 제게 눈감고 가라니요.

왼팔의 눈망울은 촉촉한 눈망울로 가고자 하는 나의 길을 망설이지 말고 걷자는 의미를 지닙니다. 촉촉한 눈망울은 제 의지를 뜻합니다. 메말라 뻑뻑하여 돌아가지 않는 눈망울이 아닌 촉촉하여 마음껏 주위를 사색할 수 있는 의지. 그리고 내 마음 닿는 대로 주위를 둘러보며 걸어 나가겠다는 화살표의 방향성. 의지는 내면의 내면입니다. 내면이 내가 될 수 있도록 하는 힘이랄까요. 그렇다하면 전 내면 속 내면의 촉촉한 눈망울로 내면이 곧 내가 될 수 있도록 합니다.

내 세상과 이를 걷는 내가 하나가 되니, 세상을 굳이 제 두 눈으로 확인하고 파헤치려 애쓰지 않아도 두 눈은 감고 있되 감고 있지 아니합니다.

20170425

김미래 드림

친애하는 미래 님

미래 님, 아주 더할 수 없이 멋지네요!

'사상이 아니고 사랑이다'의 '코스미안세대의 도래를 고대하며'를 내가 쓴 2016년 초만 해도 이런 '코스미안세대'의 대표기수가 이렇게 빨리 2017년 3월 8일 내 앞에 등장할 것을 나는 전혀 예상은커녕 꿈도 꾸지 못한 일이죠.

다만 나의 간절한 희망가를 불러본 것이었는데, 피카소의 말마따나 '네가 상상할 수 있는 건 이미 현실'이네요. 그 글에도 인용한 윤동주의 시 '눈감고 간다'에 '이슬처럼 샛별처럼 영롱한 이 시구에 나는 후렴구를 하나 달아보리라'며 이렇게 노래했지요.

별에서 온 아이들아
별로 돌아갈 아이들아
새벽이 가까웠는데
눈뜨고 찬란한 아침을 맞거라.
눈앞이 아직 깜깜하거든
네 안에 네 별빛을 보거라.

태미사변

'눈감고 가거라'는 눈에 보이는 걸 보지 말고 보고 싶은 거만 보고 꿈꾸며 자지란 뜻이 아닐까요. 그 문신의 그림은 눈의 눈동자가 물방울 모양이며 그 사이를 대각선으로 화살표가 찌르고 있지요. 그 물방울은 Cosmic Vision이고 우주본질의 심벌이며, 화살표는 곧 '사랑의 이슬방울'로 충만한 모든 사람의 심장을 꿰뚫을 큐빗이 아닌 '코스미안의 화살'로써 절대적으로 필요하겠습니다.

미래 님의 사명이 중차대한 만큼 '태미'의 보람 또한 크나크리라 확신합니다.

20170426
태상 드림

친애하는 선생님

눈앞이 아직 깜깜하거든
네 안에 네 별빛을 보거라

제 안의 별빛을 보고, 그 별빛이 눈이 부실만큼 찬란하다는 것을 알게 될 때 제 밖의 찬란한 별빛들을 볼 수 있는 듯합니다. 서서히 제 별빛을 보았고, 더 이상 제 눈앞이 깜깜하지 않습니다. 제 살결의 모공으로 새어나오는 빛으로 제 자신이 이미 반딧불이며, 이 반딧불의 은은한 불빛을 잡으려 나그네들은 모여들 테죠. 내가 남길 수 있는 것. 그것은 결국은 제 안의 별빛이고, 그 별빛으로 세상을 서서히 비추어 많은 나그네들이 더 한걸음 내딛을 수 있도록 하는 것. 그것인 듯합니다.

코스모스 대표기수라뇨! 이보다도 큰 영광의 지칭이 있을지요!

20170426

김미래 드림

좋은
언어

친애하는 미래 님

내가 '예견자'라면 미래 님은 대표적 '선구자'이십니다. 신동엽 시인
의 '좋은 언어'를 아래 붙여 보냅니다.

좋은 언어

외치지 마세요.
바람만 재티처럼 날아가 버려요.

조용히

될수록 당신의 자리를

아래로 낮추세요.

그리고 기다려보세요.

허잘 것 없는 일로 지난날

언어들을 고되게

부려만 먹었군요.

때는 와요.

우리들이 조용히 눈으로만

이야기할 때

허지만

그때까진

좋은 언어로 이 세상을

채워야 해요.

20170506

태상 드림

　　　　　　　　태미사변

친애하는 선생님

저를 선구자라 해주시니 그 좋은 언어로 제 안과 밖이 가득 찹니다.

신동엽 시인의 좋은 언어를 읽고 저는 비참해졌습니다. 어버이날인
데도 전 어머니께 이 세상의 언어를 좋게 말함이 아니라 상처를 안겨
주었습니다. 어머니께 눈물을 흘리게 했으며, 어머니의 심장을 짓이겼
습니다. 두 달 만에 통화한 아버지께 사랑한다는 말 한마디 하지 못했
고, 무심한 짧은 대답밖에 하지 않았습니다. 질문 하나 하지 않았습니
다. 딸과 대화를 하려 애쓰는 아버지의 들리지 않는 목떨림을 들었음에
도 전 짧은 대답으로 제 목떨림을 숨겼습니다. 전 부모님께 좋은 언어
는커녕, 나쁜 언어를 내뱉거나 아예 언어를 내뱉지 않았습니다. 사랑하
는 사람에게 좋은 언어 말하지 못하면서 세상에게 좋은 언어를 말할 수
있을까요. 말한다 한들, 그게 진짜 좋은 언어일까요. 가짜는 아닐까요.

가장 오랜 시간 함께하고 부딪쳤던 가족들과도 소통하지 못하는 저
는, 과연 이 세상과 소통할 수 있을까요. 그럴만한 자격이 있을까요. 선
구자라 하시지만, 훗날에는 그 길을 돌아 그들에게 다시 도달할 수 있
을까요. 그 땐 그들에게 사랑한다 말할 수 있을까요. 지나가는 어르신
들이 자식, 그리고 손자 손녀가 가슴팍에 달아준 카네이션을 훈장처럼
여기며 행복해하시는 이 어버이날, 선구자를 꿈꾸지만 불효자임을 부

정할 수 없는 제 자신이 바보천치 같습니다.

어린 아이들은 부모님께 유치원에서 손수 만든 종이 카네이션을 선물 드리며 어버이날 노래를 불러주는데, 전 머리만 컸지 이 아이들이 존경스러워 머리를 조아립니다.

20170508

김미래 드림

친애하는 미래 님

미래 님도 아시죠. 서양의 짤막한 동화 '미운 오리새끼'를.

오리 새끼들 중에 미래 님은 어쩔 수 없는, 뭐라 부르든 간에, 백조, 흑조임을, 정신적인 난쟁이 속물들 가운데 거인임을 잠시도 잊지 마십시오. '생의 찬가'의 소제 '이 얼마나 기막힐 기적의 행운인가'에서 인용한 독일계 미국 시인 찰스 부코우스키의 시 '무리의 천재성(실은 천치성)'을 잊지 마십시오.

태미사변

그리고 부모가 자식의 제물이 되는 건 너무나 자연스러운 당연지사이겠지만, '효녀' 심청이처럼 자식이 부모의 제물이 된다는 건 인륜, 지륜, 천륜을 거스르는 천벌 만벌을 받을 일이지요. 공치사하면서 채권자 노릇하는 부모들이야말로 포주 중에 포주가 아니겠습니까.

난 내 딸들 어릴 때부터 늘 말했지요. 'As you grow up, I grow down to become your fertilizer.'라고. 그러면서 미국 가수 Percy Sledge가 부른 노래 'What Am I Living For (If Not For You)'를 불러왔습니다. 남녀가 생리적으로 재미 보다가 낳은 자식 키우는 낙으로 키웠으면 그만이지, 어찌 앞서가는 애들보고 동쪽으로 가라 서쪽으로 가라 강요할 수 있단 말입니까. 부처도 말했다지 않습니까. '부처를 만나거든 부처를 죽이고 가라'고. 자식은 부모를, 제자는 스승을, 후배는 선배를 따를 게 아니라 뛰어넘어 능가하란 뜻이지요. 사람은 두 눈이 뒤통수에 달려있지 않고 얼굴 앞에 달려있는 게 뒤돌아보지 말고 앞만 보고 달리라는 위를 보고 날라는 자연의 섭리가 아니겠습니까.

우리말로 '어른'이라 하면 '얼우는 행위를 한 사람' 곧 '씹을 해본 사람'을 뜻하고, 영어로 adult라 할 때는 어른 성인을, 그리고 'adultery'라고 하면 또한 서로 좋아하는 남녀간(흔히 기혼자와 미혼자 사이의) 성교인 '간통, 간음'을 의미하며 'adulterated food'이라 하면 불순물이 가미돼 부패한 썩은 음식물을 가리키지요. 그래서 동심 곧 신성을 잃지 않고 사는 사람은 산 사람이지만 그렇지 못한 어른들은 하나같이 다 이미 죽어버린 송장들이나 다름없지요.

미래 님 같은 만년 어린이들 만세 만만세, 날이면 날마다 매일이 어린이날 인복, 지복, 천복의 날로 '어린이동산' 지상천국에서 마냥 즐겁게 뛰어 놀다가 영원한 우주천국으로 훠어이 훠어이 날아 돌아가자고요.

20170508

태상 드림

친애하는 선생님

그것이 자연의 섭리이고, 영원함이라 하신다면 썩어가는 부패한 쓰레기가 아닌 매일 만만세 외치며 동산을 뛰어다니는 어린아이로 평생 살겠습니다.

청주에 계신 어머니께 몰래 꽃바구니를 보내드렸습니다. 어머니는 햇살이 들어오는 집 베란다에 꽃바구니를 놓고 사진을 찍어 보내주셨

태미사변

습니다. 꽃을 사랑하고 그 꽃의 오랜 생명을 위해 빛과 물을 꾸준히 주시며 예쁘다 예쁘다, 아가 대하듯 하는 어머니는 소녀 같으십니다. 어머니의 억압은 밉지만, 사랑하는 것은 당연지사, 작은 정성에 감동하고 미소 지으며 대가 없는 사랑을 쏟아 부으시는 그러한 어머니의 새침데기 소녀 심성은 저도 닮고 싶습니다. 그 순간만큼은 어머니도 어린이처럼 동산을 뛰놀며 들꽃을 꺾어 꽃왕관을 쓰고 고무줄놀이를 하시는 동심 가득한 산 사람이니까요.

20170510
김미래 드림

부모님이라는
존재

친애하는 미래 님

부모님의 사랑에 관한 글에 대해 토론하고자 옮겨 드립니다.

어머니, 당신을 사랑합니다!

어머니는 자식들을 위해 평생 자신을 버리고 사셨다. 자식이 잘되는 일이라면 당신의 존재는 없어도 좋다고 여기셨다. 어떤 희생도 주저하지 않으시던 어머니. 이처럼 어머니의 사랑과 희생은 끝이 없으

태미사변

며 모자람도 없다. 점점 나이가 들면서야 어머니의 존재가 얼마나 중요하고 소중하다는 것을 깨닫는다.

며칠 전 길거리에서 오랜만에 선배를 만났다. 어머니 안부부터 묻는다. 건강하게 지내신다고 하니 '어머니가 계시니 얼마나 행복하냐? 손 한 번 잡아 보고 싶어도 어머니가 안 계시니 그리울 뿐"이라고 말한다. 이 말을 듣는 순간 가슴이 뭉클했다. 아, 후회하지 말고 어머니께 좀 더 잘 해야겠다는 생각을 들게 해준 그 말이 고맙기 그지없었다.

오늘은 한국의 어버이날이다. 오는 14일 일요일은 어머니날이다. 20년 이상 남편 없이 자식들 뒷바라지 하며 홀로 살고 계신 어머니. 50년 이상 살면서 가슴에만 간직하고 아직 한 번도 하지 못한 이 한 마디를 고백합니다. '어머니. 당신을 사랑합니다!'

– 연창흠 논설위원 칼럼, '어머니 당신을 사랑합니다' 중에서

친애하는 선생님

부모님은 제가 '어머니, 아버지'라 부르면 굉장히 섭섭해 하십니다.

어렸을 적 '엄마, 아빠'하던 그 조그마한 티 없이 맑은 딸을 그리워하십니다. 어머니, 아버지라 부르면 마치 우리 어린 아가가 어른이 된 듯하다며 슬퍼하십니다. 아버지는 술 한 잔 걸치시면 가끔 제게 전화하셨습니다. 그러곤 "우리 미래가 아무리 커도 넌 내게 아가다. 기침 한 번 하면 심장이 털썩 떨어지는, 그런 작고 연약한 아가란다. 아가야 사랑한다." 아버지는 아직도 저희를 아가라고 부르십니다. 하지만 이젠 제가 쳐버린 차가운 벽 때문에 술이 취하시고 전화를 하신지도 꽤나 오래 되었습니다.

전 항상 궁금한 것이 있습니다. 어머니 아버지는 감정이 격해져 마음에 없는 소리를 하시는 건지, 아님 숨겨왔던 진실을 내뱉는 것인지 모르겠지만, 그 말 한마디 한마디에 전 큰 상처를 받습니다. 그 말들을 잊지 못하여 전 슬퍼합니다. 어머니와 다툴 때, 저도 감정이 격해져서 말합니다.

"난 그때의 그 차가운 눈초리와 외면을 잊을 수가 없어. 왜 나는 그렇게 외면당해야만 하는데? 내가 왜 엄마아빠한테 말을 안 하냐고? 어차피 돌아올 그 차가운 시선과 무시당하는 말들이 싫어서야!"

그런데, 어머니는 "우리가 언제 그랬어"라고 하십니다. 하하. 정말 돌덩이, 아니 바위로 얻어맞은 기분이었습니다. 저는 그 말 한마디 한

태미사변

마디에 혼자 소주를 들이켜고, 마음이 썩어 문드러지는데, 정작 이를 내뱉은 이들은 기억을 하지 못합니다. 전 인정합니다. 부모님의 전폭적인 지원이 있었기에 지금의 제가 있을 수 있다는 것을. 부모님도 항상 말하셨지요.

"세상에 돈이 없어서 원하는 대학 못가는 친구들 태반이고, 학자금 대출받아 20살부터 빚쟁이가 되는 애들이 천지이다. 넌 아빠가 경제적으로 안정적이기 때문에 원하는 학교 진학하고 서울로 올라갈 수 있었던 것에 감사해라."

네. 감사합니다. 감사하지요. 사람들이 묻습니다. "김미래, 너 귀한 자식이지. 귀하게 자랐지. 너희 집 잘살지?" 네, 맞습니다. 저희 집이 떼부자는 아닐지언정, 저는 먹을 거, 입을 거 다 먹고 입으면서 잘 살았습니다. 온실 속에서 자랐습니다. 하지만 그 온실은 주인이 원하는 열매를 맺어야만 물을 주었고, 원하는 꽃을 피워야만 보일러를 틀었습니다. 그 온실은 마치 박물관같이 운영되어 우리가 예쁜 꽃과 탐스러운 열매를 맺을 때만 개방하여 다른 사람들이 와서 감탄을 하도록 하였습니다.

이제 저는 사막에서라도 홀로 땅 아주 깊은 곳에서 미친 듯이 물과 영양분을 끌어올려 제 스스로 꽃과 열매를 맺으려 합니다. 그 뜨거운 태양 아래 메마르고, 주변에 다른 화초들이 하나 없어 외로울지라도 혼자 끙끙대며 수분과 양분을 얻었을 때의 쾌감에 다시 생명의 존속을 위해 애쓰는 그런 삶을 살 것입니다. 더 이상 온실 속에 저를 두지 않으셨으면 합니다.

　그래도, 전 같은 하늘 아래 살고 있는 부모님을 항상 사랑합니다. 제가 걸을 수 있고, 꿈을 꿀 수 있고, 말을 할 수 있는 것은 바로 제 존재 덕이니까요. 이런 존재를 세상에 낳아주셨으니까요.

20170510

김미래 드림

　친애하는 미래 님

　칼릴 지브란이 그의 저서 '예언자'에서 상기시켜주듯, 부모님들께서 자식이 부모의 소유물도 애완동물도 아니고 독립된 고유의 개성을 지닌 인격체임을 깨닫지 못하는 데서 신체적, 심리적, 정신적 온갖 학대를 가하고 '인격살인'을 저지르는 것 같습니다.

　아이들은 부모의 몸을 빌려 이 지상에 강림한 하나님 부처님 곧 우

　　　　　　　태미사변

주인임을. 아이가 부모의 스승이요 조상임을. 삶이라는 종교의 교주임을. 그러니 예수도 우리가 어린 아이 같지 않으면 천국에 들 수 없다고 했겠지요. 어린이 세상은 천국이지만 어른들 세상은 지옥이 되고 있지 않습니까. 따라서 어른들은 빨리 빨리 전쟁이든 병으로든 사고로든 죽어 없어져야 하고 새로 새 아가 '코스미안'들이 많이 많이 태어나야죠. 그러기 위해선 죽어버리기 전에 어른들이 어서 사랑부터 많이 해야지요. 취하도록 미치도록 죽도록 말입니다.

20170510

태상 드림

반대말

친애하는 미래 님

물이 너무 맑으면 물고기가 살 수 없듯이, 인간 세계에서도 모든 것이 흑도 백도 아닌 회색에 가깝고, 전적으로 옳은 것도 그른 것도 없으며, 다 좋기만 하지도 다 나쁘지도 않음을 상기시켜주는 김선우의 시 '여전히 반대말놀이' 아래에 붙여드립니다. 절대적인 건 없고 모든 게 상대적임을 잠시도 잊지 않기 위해서죠. 그러니 우리도 '절대주의자'가 되기보단 '상대주의자'가 되어보자고요.

태미사변

여전히 반대말놀이

행복과 불행이 반대말인가

남자와 여자가 반대말인가

길다와 짧다가 반대말인가

빛과 어둠

양지와 음지가 반대말인가

있음과 없음

쾌락과 고통

절망과 희망

흰색과 검은색이 반대말인가

반대말이 있다고 굳게 믿는 습성 때문에

마음 밑바닥에 공포를 기르게 된 생물,

진화가 가장 늦된 존재가 되어버린

인간에게 가르쳐주렴 반대말이란 없다는 걸

알고 있는 어린이들아 어른들에게

다른 놀이를 좀 가르쳐주렴!

추신:

친애하는 미래 님

　지난 어버이날에 있었던 일에 관한 미래님의 메일을 받고 어제 보내드린 내 회신메일에서 너무 심하고 무례한 극단적인 표현을 써서 대단히 죄송합니다만, 내 격한 반응이었음을 십분 이해해주시리라 믿습니다.

　최근 년에 와서 새삼스럽게도 한국에서 금, 은, 동, 흙 등 '수저론'이 많이 회자되여오고 있는데, 우리 진지하고 심각하게 생각 좀 해볼까요. 흔히 제 눈에 안경이라고 하듯이, 이 '수저' 또한 보기 나름이라고 할 수 있지 않을까요.

　모든 걸 다 갖고 태어났다면 가진 걸 당연시하게 되고, 얼마나 소중하고 귀한 줄도 고마운 줄도 모르게 되며, 이미 갖고 있는 걸 다 잃을 걱정밖에 없지 않겠습니까. 반면에 아무 것도 없이 시작하면 하나하나 얻어 보람을 느끼면서 기뻐하고 감사할 일뿐이 아니겠습니까. 모든 게 보기에 따라 '화덩어리'도 '복덩어리'도, '똥덩어리'도 '돈덩어리'도, '독'도 '약'도 된다는 얘기이죠.

태미사변

좋은 본을 보이는 부모라면 본받을 일이고, 나쁜 본을 보이는 부모라면 반면교사로서 자신을 더 크게 희생해가면서 더 큰 스승이 되어주시는 게 아니겠습니까. 더 크게 감사할 일이지요. 우리 각자가 어떤 색깔의 수저를 물고 태어나든 어떻든 간에 우리 모두 하나같이 우주의 에너지 사랑이란 무지개를 타고 지상으로 내려온 코스미안들이니 이 지구란 아주 작은 별에 잠시 머무는 동안 이런 저런 소꿉놀이 신나고 재미있게 놀아 볼 일뿐이지요.

인공의 낙하산이나 풍선은 바람이 빠지면 추락하지만, 우리 코스미안들이 타는 천연의 무지개는 하늘하늘 코스모스바다로 떠오를 뿐이지요.

20170509

태상 드림

친애하는 선생님

어찌 제가 선생님의 말씀을 곧이곧대로 들었겠습니까. 선생님도 세 딸과 귀여운 손자까지 둔 어버이신데, 선생님의 말씀에는 그대로의 말뿐만 아니라 깊은 이면이 있다는 것, 매우 잘 압니다. 저를 이리도 아껴

주시고 사랑해주시는데, 자식들을 얼마나 사랑하실지 제가 어찌 그 크기를 가늠하겠습니까! 며칠 전, 한 남자분이 제게 말하더군요. "나는 정말 나쁜 사람이야. 그러니까 나를 믿지 마" 저는 이 말을 듣고 매우 크게 웃었지요. 그리고 말했습니다. "나빠 봤자 얼마나 나쁠까. 난 세상에서 내가 제일 나쁘고 위험하다 생각하는데. 사람 본디 심성은 사라지지 않아." 그랬더니 저보고, "너 정말 보기보다 착한 사람이구나!" 하더군요. 하하. 참으로 아이러니한 대화였지요.

정말 나쁜 사람들은 자신이 나쁘다 말할 수 있을까요. 꾸준히 나쁘게 행동하고 살아왔다면, 그는 이미 악이 악인지 선인지 구분하는 것조차 잊었다는 것일 텐데, 자신이 악하다 말하는 사람은 아직 태초의 선을 잊지 않고 간직하고 있다는 게 아닐까요? 또한, 사람 사이에 착함과 나쁨은 매우 상대적인 것이라, 자신 스스로 나쁘다 칭하는 것이 어찌 보면 남에게는 '저게 나쁜 거야?'라는 의문을 일으킬 지도요.

전 세상에서 제가 제일 위험하다 생각합니다. 갑자기 어떤 일을 저지를지, 어떤 말을 내뱉을지 모르는 상대적 시한폭탄 같으니까요. 정말 전 세상에서 저를 가장 믿으면서도 제 자신이 가장 두렵습니다. 하하

20170510

김미래 드림

태미사변

좋아하는
과일

친애하는 미래 님

모든 과일을 다 좋아하지만 맛도 맛이지만 그 이름 때문에 특히 내가 좋아하는 과일이 두 가지가 있습니다. 그 하나는 참외의 일종으로 허니멜론^{Honeymelon}이라고도 부르는 허니듀^{Honeydew}이고 또 하나는 파인애플^{Pineapple}이지요.

영어로 Honeydew를 직역하면 꿀 이슬이 될 터이고, 우리말로 하자면 꿀참외이며, '외'가 '오이'의 준 말이라면 이 또한 매우 흥미롭고 재미있으면서도 의미심장하지 않습니까. 하늘의 정기 꿀 이슬이 오이와 형체가 비슷한 자지를 통해 분출되니까요.

그런가 하면 Pineapple을 두 단어로 나눠 Pine 하면 동사로 쓰일 때 가슴 아프도록 절절히 사모한다는 뜻이며, Apple을 우리말로 발음해서 애플은 슬플 애哀와 아플 통痛의 합성 축약어로 무지 무지 슬프도록 아프다는 뜻이 되지 않습니까.

그 누군가를 사랑하게 되면 사랑하면 할수록 그 더욱 한도 끝도 없이 가슴 아프고 슬픈 일이 되지 않던가요. 그래서 '아프니까 사랑이다' 그리고 '슬프니까 사랑이다' 하나 보지요. 아무리 사랑해도 더할 수 없어, 또 네 아픔과 슬픔과 죽음까지도 내가 대신할 수 없어서이죠. 그러니 사랑은 파인애플일 수밖에 없지 않겠어요.

또 그런가 하면 희열과 환희의 꿀 같은 사랑의 결정체, 사랑의 이슬방울 방울방울이 마치 폭발하는 화산의 용암처럼 사랑의 심심계곡으로 흘러들면 처음엔 개인 하늘 같이 투명했다가 구름 같이 흐릿하던 정액이 핏빛의 붉은 진통의 세례를 받아 찬란한 새 생명으로 태어나게 되는, 너무 너무도 경이롭고 신비스러운 우주자연의 섭리를 더할 수 없도록 명확하고 분명하게 상징하는 과일이 허니듀와 파인애플이란 생각에서입니다.

20170512

태상 드림

태미사변

친애하는 선생님,

한 단어의 조합을 나누어 각 의미를 연결지으시고, 또한 영어발음의 한국어의 의미와 그 사물의 모양까지 또 한 번 연결 지으시는 선생님만의 또 다른 의미창조에 매번 감탄을 내지릅니다!

제가 좋아하는 과일은 거봉입니다. 굳이 껍질을 까지 않아도 되며, 그 알은 작은 타원형의 포도보다 크게 둥글하며, 튼실하여 씹는 식감은 말캉함과 동시에 아삭함을 지니지요. 마트에 갔을 때 거봉이 눈에 띄면 무조건 사고 맙니다. 제가 식탐이 많다보니 작게 입에 넣기보다는 큼직이 가득 차게 먹는 것을 좋아합니다. 거봉은 알이 크니 이런 식성의 저에게는 딱이지요. 주말에 창문 열어놓고 서늘한 바람 맞으며 은색 널찍한 보울에 푸짐한 거봉 한 송이 씻어 침대 위로 들고 와 한 알씩 먹으며 유튜브 시청하기! 정말 최고의 휴가이지요.

큰 봉우리라는 의미의 '거봉巨峰'의 峰과 이형동체자인 봉峯, 즉, 거봉巨峯은 큰 봉우리, 뛰어난 인물을 비유하는 말이라 합니다. 저도 방금 찾아보고는 어찌나 기쁘던지요! 제가 가장 좋아하는 과일의 의미가 이리도 거대할지는 전혀 상상도 하지 못하였습니다. 전 큰 봉우리가 되기보다는 높은 산의 능선이 되고 싶습니다. 능선 따라 이 봉우리, 저 봉우리 만끽하고 싶지요. 높은 산맥의 능선이라면 그만큼 하늘의 기운을 더욱이 받아 아래보다는 더 빨리 햇빛을 받을 것이고, 비를 맞아도 더 빨리 맞지 않겠습니까. 큰 봉우리들을 엮는 높은 산맥의 능선이 되고자 합니다. 능선 따라 걷다보면 지금 이 자리에 서있듯이 향후에는 제가 어디에 서있을지는 정말 모를 일이지요!

20170515

김미래 드림

'무지코'의
미래

친애하는 미래 님

　'코스미안 어레인보우'의 소제 '노짱은 노짱다워야'에서도 적시한
바 있지만 노무현 대통령이 취임할 때 한국의 링컨이 되기를 희망했
듯이 문재인 대통령이 노무현 대통령이 이루지 못한 꿈을 꼭 성취해
주기를 바랍니다.

　문재인 대통령은 참으로 엄청 다복하게도 더 바랄 수 없도록 크나
큰 축복을 받은 분입니다. 우선 흙수저는커녕 거의 무수저를 물고 태
어나 미군의 구호품으로 컸으며 더할 수 없이 훌륭한 반면교사 전임

자들의 갖가지 극단적인 희생으로 그들의 잿더미에서 솟아오른 불사조가 될 수 있는 모든 상황과 여건이 거의 완전무결하게 모두 다 마련되어 있으니까요.

더 나아가 링컨 대통령이 꿈도 꾸지 못했을 만큼, 한반도는 물론 세계만방에 천지인 인내천과 홍익인간의 세계를 구현하는 본보기로 진정한 한류스타 '코스미안'이 되어주기를 간절히 기원하고 앙망해 마지 않습니다. 한 걸음 더 나아가 미래 님이 앞으로 문재인 대통령의 횃불을 이어받아 '무지코'의 미래를 개척 전개해주십시오.

20170512

태상 드림

친애하는 선생님

며칠 전, 노무현 전 대통령이 대통령 재임 당시 일본으로 건너가 일본 국민 100인과의 대담을 한 프로그램을 보았습니다. 거기에서 한 일본인이 노무현에게 묻길, "한국의 어떤 인물을 존경하십니까?"라 하였고, 노무현은 "예전에는 백범 김구선생님을 존경하였습니다. 허나 그 결과는 좋지 않았지요. 또한 제가 대통령을 할지는 저도 몰랐지요. 대통령이 되고나니 미국의 대통령 링컨을 존경합니다. 그처럼 국민에 의한, 국민을 위한, 국민의 정부를 만드는 대통령이 될 것입니다."라 답하였습니다.

노 전 대통령의 한 강연에서 어떤 신입공무원이 질문을 던졌습니다. "대통령님은 대통령으로서 엄청난 양의 업무를 소화하시려면 건강이 악화되기 쉬울 터인데, 혹시 건강을 챙기시는 비법이 있으십니까?" 답하시길 "대통령의 건강은 국가기밀입니다."

당시 뉴스는 이것을 대통령의 유머라 하였습니다. 그 땐 쉬이 유머라 말할 수 있었을지 모르겠지만, 대통령직이 끝나고 약 일 년 후 급작스레 노랑개비를 돌리는 봉하마을의 바람이 되심에 지금은 그 말의 내면이 무얼까 골똘히 생각하게 되며 마음이 저려옵니다. 심신은 하나이며, 신체가 건강해야 가슴도 흥겹게 요동칠 것이며, 정신 또한 건강할 것입니다. 국민을 위해 자신을 희생하겠다는 말은 곧 국민을 희생시키는 일일지도 모릅니다.

노 전 대통령님은 링컨이 되지 못했습니다. 백범 김구라 하면 좀 어울릴까요. 그는 대통령 퇴임식 연설에서 외칩니다. "정말 좋습니다!" 대통령이라 해서 그에게 국가의 모든 짐을 맡길 수는 없고, 그도 사람이기에 행복해야 합니다. 그래야 그의 정부가 활기를 띨 것이며, 나라가 활기를 띠고 국민도 행복하지 않겠습니까.

노 전 대통령님 재임 당시 저는 초등학생이었습니다. 대한민국의 대통령이 노무현이구나! 정도만 알았지, 정치뉴스에 아무런 관심이 없을 때였지요. 약 10년이 지나고 나서야 그 때의 기사와 영상을 보며 대통령이라 할지언정 그도 행복하길 갈망하는 사람이라는 것을 뒤늦게 사무치어 느낍니다. 문재인 대통령은 지금의 시작처럼 5년 동안 행복하시길 바라며, 그 후에도 행복하셔야 할 텐데요. 그렇기 위해서는 여당 야당의 도움이 필요할 것이며, 그를 앞뒤 없이 내몰아치지 않고 함께 두 귀를 열고 소통할 수 있는, 찬찬한 마음을 지닌 국민이라는 조력자들이 필요합니다.

지금 대한민국은 활기가 넘칩니다. 국가의 배반을 받았던 국민들의 화는 이제 새 시대의 소나기가 세차게 내리어 사그라들었습니다. 나라 전체가 새로운 꽃봉오리를 오므리어 따사로운 햇살과 땅의 양분, 그리고 적절한 비가 내리기를 간절히 기도하고 있습니다. 산불이 지나간 자리에 남은 재는 양분이 되어 새로운 생명을 탄생시키고 있습니다. 지금 대한민국은 행복합니다. 아침마다 올라오는 뉴스기사들에 국민들은 행복한 하루의 시작을 합니다. 사람들의 옷가지 색도 화사해집니다. 길거리에는 슬픈 노래보다는 흥겨운 노래가 흘러나옵니다. 얼마만

태미사변

의 흥인지요. 그렇습니다. 대한민국은 지금 코스모스 봉오리로 가득 차 있습니다.

20170515

김미래 드림

타투

친애하는 선생님

약 10일 전, 제 쌍둥이인 선생님을 만난 것에 대한 기쁨과 자연 그대로로 살아가자는 의미로 등에 척추선 따라 타투를 새겨 넣었습니다.

Bob Dylan - Blowin in the wind. 세상이 원하는 대로 흐르지 않더라도, 전쟁과 싸움, 원하지 않는 많은 희생이 따르는 슬픔을 멈출 수 있는 것은 오직 자연. 살랑 부는 바람만이 그 정답을 알 것이라는 선생님이 인용 주셨던 노래이지요.

태미사변

저도 바람에 실려 바람의 동무 바람, 그리고 사랑으로 가득찬 우주 곳곳의 사랑이 되렵니다. 쇳덩어리같이 굳어버린 집착, 강압, 무력이 아닌 바람처럼 닿는 곳의 압력, 표면, 온도에 따라 풍성해지기도 오그라들기도, 직선으로 불다가도 곡을 이루며 우회를 하기도 하면서 우주와 하나 되어 포근히 감싸고 싶더랍니다. 제가 바람이라면 제 바람색은 제가 사랑하는 빛깔, 노랑색일 것입니다.

'BLOWIN IN THE YELLOW WIND'

투명하게 푸르른 바다빛깔의 선생님 해심 바람과 제 노랑 바람은 서로 어우러져 그늘을 선물하는 거대한 나무의 초록빛의 바람이 되었습니다. '태미'의 '사변집'은 자연의 색, 초록빛 바람이 되어 태초의 자연 그대로인 지구의 녹색빛을 찾아줄지도요.

20170515

김미래 드림

친애하는 미래 님

와아아우^{wow}, 이 얼마나 'cosmic history-making, or rather love-making' 우주사적인 사건입니까! 우리 두 사람 'Cosmic Twins'가 천지신명의 섭리와 조화로 만나 '태상'의 '미래' 등줄기 능선을 따라 자연 그대로 살아가자는 의미로 'Blowing in the yellow wind'라고 타투를 새겨 넣으셨다니…….

아, 참으로 하늘의 모든 정기가 높디높은 태산의 능선 안쪽인 깊디깊은 심곡으로 흘러들고 있네요. 이렇게 해서 우리 두 사람 이름 클 '태'와 서로 '상' 그리고 아닐 '미' 올 '래'의 태생 후 태교가 이루어지고 있다니. 이게 정말 꿈인지 생시인지 모를 지경입니다.

말하면 잔소리가 되겠지만 우리 두 사람의 이름 때문에라도 우리는 크게 서로 사랑할 수밖에 없어 아직까지는 아닐는지 몰라도 앞으로 다가 올 운명, 숙명으로 짝사랑 신세는 면할 수 있게 되는 것 같습니다.

20170516

태상 드림

태미사변

일이란 사랑이 빚어내는
우리의 삶이다

친애하는 선생님

　얼마 전, 운명처럼 찾아온 제 난쟁이 친구 유남이에게 3일 동안 꼬박 밤을 새어 만든 옷들을 선물하였습니다. KBS 휴먼다큐 '동행'의 촬영 목적도 있었지만, 단 한 명을 위한 옷을 만드는 시간은 저로 하여금 앞으로 꾸준히 옷을 만들어 나갈 길을 더욱이 확고히 해주었습니다. 유남이가 이 옷을 받고 기뻐할 모습, 옷을 입고 괜스레 장난을 치며 흘릴 고맙다는 말, 그리고 이 운명적인 인연이 더욱이 돈독해질 앞날을 떠올리니 졸음도 손저림도 다 무색해지더랍니다. 하하 촬영 당시 긴장을 한 터라 인중에 땀이 송골송골 맺혔었는데, 그저 제 진심이 잘 담기어 나

오기를 바랄 뿐입니다.

20170519

김미래 드림

친애하는 미래 님

이야말로 칼릴 지브란이 내린 '일'의 정의에 꼭 들어맞는 본보기이
네요.

'일이란 사랑이 드러나 보이는 것 WORK IS LOVE MADE VISIBLE'

영원의 축소판이 한 순간이고 인류의 축소판이 한 사람이라면 그
누가 되었든 한번에 한 사람씩 사랑하는 게 바로 나 자신인 온 우주를
사랑하는 게 아니겠습니까. 천 마디 만 마디 설교나 구두선이 다 가짜
라면, 이런 행동, 곧 사랑의 피와 땀과 눈물로 빚는 일만이 진짜라 할
수 있지요. 이런 뜻에서 미래님은 모든 떠버리 성인군자들을 무색케
하십니다. 그러니 칼릴 지브란의 말 그대로입니다.

태미사변

'우리가 일함이란 사랑이 빚어내는 우리의 삶이리오'

이런 삶을 사는 순간순간이야말로 정말 더할 수 없이 기쁘고 황홀하게 행복한 찰나 찰나로 신심혼 삼위일체의 'cosmic orgasm'을 맛보게 되는 게 아닙니까! 나아가 이런 'multiple orgasm'의 삶이 연속적으로 이어질 것을 추호도 의심치 않습니다. 심심한 경의를 표해 마지않으며 BRAVO & CHEERS!!

20170519
태상 드림

경애하는 선생님

네, 제가 표현이 부족하여 그 3일의 시간, 그리고 그 뿌듯함을 어찌 말해야 할지 몰랐는데, '일이란 사랑이 드러나 보이는 것Work is love made visible'이 맞습니다! 유남이를 만나 유남이를 위한, 유남이에게 딱 맞는 옷을 만드는 시간은 'LOVE'가 있기에 가능했습니다.

일을 하면서 가끔은 지체되기도, 안 좋은 상황들이 닥치기도 하면서 내가 하고 있는 일의 의미를 망각할 때가 있습니다. 하지만 유남이 덕분에 내가 옷을 만드는 사람임을 사랑하게 되었습니다. 옷을 안겨줄 그 순간을 사랑하였고, 내 옷을 입을 유남이를 사랑하였기에 가능한 시간이었습니다.

제 일을 하면서 이런 순간들을 느낄 수 있다는 것이 너무나도 황홀합니다. 신심혼의 삼위일체로써 선생님께 메일을 드리는 이 순간도 너무나도 황홀합니다!

20170520

김미래 드림

경애하는 미래 님

흔히 사람들은 말하지요. '세상은 공평치 않다'라고. 실은 그 반대임에 틀림없겠습니다. 겉으로는 화려하게 보이나 속으로는 빈곤하고 부실하다는 뜻으로 외화내빈外華內貧이란 사자성어도 있듯이, 부족하면 채워진다는 의미가 담겨있는 말인 것 같습니다. 신장身長이 작으면 심장心長이 커질 수밖에 없지 않겠어요. 그래서 '키 크면 싱겁다'는 말도 생겼겠지요. 미래 님은 몸은 작지만 맘이 큰 남자를 좋아하시나 봅니다. 미래님의 눈이야말로 보배 중에 보배이니 잘 지키십시오.

'제 일을 하면서 이런 순간들을 느낄 수 있다는 것이 너무나도 황홀합니다. 정말로! 신심혼의 삼위일체로써 선생님께 메일을 드리는 이 순간도 너무나도 황홀합니다!'

영어로 'You can't win them all.'이란 표현이 있지요. 세상은 공평하기에 한 사람이 모든 걸 다 누릴 수 없다는 말이지요. 우리말에도 재인才人은 덕德이 부족하고 미인美人은 박명薄命하다 하지 않던가요. 그런데 '육신, 심정, 영혼의 삼위일체로써 너무나도 황홀' 하시다니 이 지상이 아닌 천상의 복권당첨자로 입신지경入神之境에 드신 게 분명합니다. 내가 어렸을 때부터 생각 아니 상상으로만 알고 있던 '축지법, 축공법, 축시법, 축간법' 시간과 공간 둘을 합해 축약한 '축시공법'을 미래 님이 실습, 실행하고 계시다니 이야말로 경천동지할 이적 중에 이적이 아닐 수 없습니다. 이보다 더 불가사의한 일이 세상에 또 있겠습니까! 참으로 미래님은 순간에서 영원을, 과거와 현재 그리고 미래를 함께 다 몰아서 순간순간 참사랑의 참삶을 살고 있는 산 표본이십니다. 진심으로 경배합니다.

20170521

태상 드림

Love and Sex
with Robots

친애하는 미래 님

　지난 해, 런던대학교 단과대학의 하나로 각종 예술과 디자인, 인문학과 사회과학을 다루는 런던 골드스미스 대학에서 '사랑과 로보트와 하는 섹스the Love and Sex with Robots conference'란 주제로 열린 학회에서 기계 윤리학자, 올리버 벤델Oliver Bendel이 제기한 아래와 같은 질문 몇 가지를 옮겨드립니다.

　　Should the robot entice the partner to have sex?

　　Should the robot make clear to the human being that it is a

machine?

Should the robot be able to refuse to perform the act?

Should its appearance be "politically correct?"

Should childlike sex robots be prohibited?

Should sex robots be available everywhere and anytime?

Who is liable for injuries or contamination caused by use of the machines?

What if the sex robot collects information on sexual practices, or records them and disseminates the recordings?

Is it possible to be unfaithful to a human partner with a sex robot?

Can a man or a woman be jealous of the robot's other love affairs?

How to handle shame and disgrace caused by the sex robot?

Is sexual interaction a moral situation that is easy or impossible to overview?

20170517

태상 드림

친애하는 선생님

참 어렵습니다. 섹스로봇은 가능할지 모르겠지만, 과연 사랑까지 나눌 수 있는 로봇이 가능할까요. 가능하다면 그것은 인간의 로봇을 향한 짝사랑이 될 것만 같습니다. 아무리 기술이 발달하여 AI 인공지능 로봇에게 인간과 동일한 섹스 기능과 사랑 감정을 심는다 할지언정, 인간처럼 어렸을 적 어머니에 대한 애착을 시작으로 서서히 쌓아져 온 정신이 아닌 계산적 프로그래밍일테니요.

허나, 사랑은 꼭 사람들 간에만 이루어지지는 않습니다. 내가 키우는 화분을 사랑할 수도, 아끼는 그릇을 사랑할 수도, 한 장소를 사랑할 수도 있는 것이니 그것이 로봇이 되면 안 된다는 법은 없지요. 사랑은 세상 곳곳에 존재하니까요. 꼭 동일 크기의 쌍방향적이지 않은 일방적인 사랑도 사랑이니까요.

하지만, 인간의 본능인 섹스를 할 수 있는 로봇이라면 분명 인간에게 일반 사물 이상의 사랑에 대한 감정으로 혼란을 줄 수도 있을 듯합니다. 사랑과 섹스는 필수불가결 하나일지 모르지만, 섹스는 단일로도 존재할 수 있지 않습니까. 허나 섹스를 육체적 쾌락이라는 단일의 목적으로 시작하였다가 그 관계가 여러 차례 지속되면서 쾌락 이상의 교감이 이루어진다면 사랑으로 진화할 수도요. 섹스와 사랑 모두 가능한 로봇.

태미사변

지금의 기술로는 아직 한참 기다려야 하겠지만 만약 현실적으로 구현
된다면 여러 실험을 통해 발현의 결과를 알 수 있지 않을까요.

이런 생각도 듭니다. 사람일지언정 무감정의 로봇으로 느껴질 때도
많지 않습니까. 성생활에는 다양한 유형이 있겠지만, 대표적으로 전후
소통의 부재와 함께 일회성의 섹스를 하는 원나잇스탠드가 부지기수로
일어나지 않습니까. 예전에 젠더 관련 강좌를 들을 때 원나잇스탠드에
대한 논문을 쓴 적이 있었습니다. 원나잇스탠드 유경험자들의 설문조
사 결과, 보통 술에 취해서가 가장 많은 비율을 차지하였습니다. 그만
큼 자신의 육체적 본능이 솟아 나왔지만, 상대방과의 정신적 교류, 즉
대화는 부재하였던 것이죠. 상대가 어떤 감정을 느끼고 있는지 전혀 알
지 못하는 상황에서 많은 사람들이 하룻밤의 섹스를 합니다. 이를 보면
인간에게 가끔 인간은 섹스로봇일지도요.

20170519
김미래 드림

친애하는 미래 님

어찌 보면 인간의 사랑은 모두 일종의 짝사랑이라고 할 수 있지 않을까요. 우선 부모의 자식사랑이 그럴 테고, 집에서 키우는 동식물이 그러하며, 애국애족한다는 것이, 있는지도 없는지도 모를 '신'을, 아니면 살아있지도 않은 허깨비 같은 조상이다, 예수다, 석가모니다, 또는 공산주의다, 사회주의다, 민주주의다, 자본주의다, 자유다, 인권이다, 의리다, 도리다, 우정이다, 정절, 정조다 하는 모든 추상적인 이념과 사상을 사랑한다는 것이 말입니다. 어디 그뿐입니까. 예술이다, 스포츠다, 마약이다, 도박이다, 권력이다, 명예다, 재산이다, 등을 사랑하는 모든 사람이 또한 다 일종의 로봇이라 할 수 있지 않겠습니까. 미래 님이 "사람일지언정 무감정의 로봇으로 느껴질 때도 많지 않습니까."라 지적하셨죠. 또 어디 그 뿐이겠습니까. 섹스의 상대가 로봇 같은 인간이든 아니든, 인간이 아니고 동식물일 수도 아니면 각종 기구나 도구일 수도 있지 않습니까.

그래서였는지 몰라도 난 어릴 적부터 인간은 신과 동물의 튀기라고 생각해왔나 봅니다. 상반신이 신적이라면 하반신은 동물적이라고.

20170520

태상 드림

　　　　　　　　　　　　태미사변

꿈인지
생시인지

친애하는 미래 님

요즘 미래 님과 이렇게 편지로 소통, 아니 사통인지 통정인지를 하고 있는 게 정말 꿈인지 생시인지 모르겠네요. 또 한 사람의 '사변'을 함께 보내드립니다.

돌아간 친구의 꿈을 깨고 나니 세상이 새로워 보인다. 너무도 생생한 꿈은 꿈같지 않다는 생각을 하면서 장자의 '나비의 꿈'을 떠올렸다. 호접몽蝴蝶夢으로 알려진 이 장자의 우화는 장자가 꿈에 나비가 되어 날아다니다가 갑자기 꿈을 깨어나니 장자가 꿈에 나비가 된 것인지,

나비가 꿈에 장자가 된 것인지 알 수 없었다는 이야기이다.

여러 가지 해석이 가능하지만 장자의 관점은 눈에 보이는 모든 사물에 구분이 있는 것 같지만, 궁극적으로 만물의 변화 속에서 이런 구분은 의미가 없다는 점 일 것이다. 장자의 나비 꿈은 나비의 장자 꿈과 차이가 없다는 뜻일 것이다.

유물론을 따르는 사람들은 우리 인생을 포함한 눈에 보이는 모든 것은 시간 속에 원자와 분자의 이합집산의 결과일 뿐, 궁극적으로 보면 인생의 의미라는 것도 별 것이 아니라는 시각을 가지고 있다. 이런 모든 사상의 뒤 안에는 우리의 삶이 언젠가는 끝이 난다는 삶과 죽음의 구분이 자리 잡고 있는 것을 알 수 있다. 우리에게 주어진 시간이 길지 않다는 강박관념이 인생의 가치와 보람, 성공과 실패, 기쁨과 슬픔의 의미를 되새기게 하는 것이 아닐까?

– 김갑헌 맨체스터대학 철학교수 칼럼, '꿈인지 생시인지' 중에서

20170520

태상 드림

　　　　　　　　　　　태미사변

친애하는 선생님

그러게 말입니다. 꿈인지 생시인지 모를 순간들입니다. 호접몽에서 현실의 사람인 내가 꿈에서 나비인건지, 아님 꿈의 나비가 현실의 나인지 분간할 수 없었다는 장자의 이야기를 다시 되새기고 보니 지금 이 순간들이 꿈일지도 모르겠습니다. 하지만 꿈이 아닌 생시임에 감사합니다. 어쩌면 Gmail이 꿈과 생시의 매개체가 되어 한번도 만나 뵙지 못한 선생님과 즐거이 노닐고 있는 것일지도요.

선생님을 만나기 전에 저를 말할 수 있는 키워드들을 말해라 하면, 단순히 에그코어, 에그셀 등 제가 해낸, 제가 가지고 있는 것들로만 구성했을 것입니다. 하지만, 지금의 제 키워드에서는 선생님을 빼놓을 수 없습니다. #이태상선생님 #쌍둥이 #귀인 #39프로젝트. 혼자가 다가 아닌, 함께 걸어 나갈 수 있는 귀한 인연의 매길 수 없는 대단한 가치를 알게 해주신 선생님을 만나게 된 지금 이 시간들이 꿈인지 생시인지 모르겠습니다.

전 그저 대한민국 내에서 평균적으로 어린 나이에 창업을 하여 하고 싶은 것을 현실화한 24살 여자아이였습니다. 같은 또래의 대학생들에게 말해주고 싶은 것이 무엇이냐 하였을 때, 이전이었으면 자신이 가진 것이 사소할지언정 극대화시킬 수 있는 장점이 될 수 있다. '당당히 나만의 시나리오를 써내려가자'이었을 것입니다. 허나 지금은 이렇게 말합니다. '당장 내일도 예측할 수 없다. 하지만 이 미지의 순간들에 감사하고 함께하는 사람들이 있음에 또 감사하자.' 1인기업이라는 홀로서기를 했지만 절대 혼자가 아니라는 것을 깨달았고, 함께 걸어 나갈 수 있는 사람들이 있다는 것만큼 제게 귀한 것은 없습니다. 모두가 사랑이며, 이전의 사랑, 지금의 사랑, 그리고 수수께끼같이 미지의 시공간에서 피어오를 사랑이 있기에 제가 존재할 수 있었습니다.

사랑의 열매를 맺는 사람을 존경합니다. 오랜 사랑을 통해 부부를 맺는 이들이 존경스럽고, 그 사랑으로 사랑을 실천할 수 있는 새 생명을 잉태한 여성들이 존경스러우며, 어머니의 손을 꼭 쥐어드리는 이 세상의 아들딸이 존경스럽습니다.

만물을 존경하고 감사하는 제 자신이 꿈인지 생시인지 신기합니다. 제 쌍둥이를 찾음에 잃었던, 아니 잊고 있었던 저를 알아버린 것일지도 모릅니다.

20170522

김미래 드림

친애하는 미래 님

'태미몽'에서 태상이 미래인지 미래가 태상인지 모를 일이고, 이승이 전생인지 전생이 이승으로 그리고 저승으로 이어질 건지는 그 더욱 모를 일이지만, 우리 두 사람이 지금 당장 이렇게 순간순간 같은 꿈을 꾸며 같은 숨을 쉬고 있는 현실은 가상도 이상도 아닌 엄연한 사실이며 진실이 아니겠습니까!

20170523
태상 드림

찰나의
아름다움

친애하는 미래 님

'클래식TALK 찰나의 아름다움'에서 김동민 뉴욕클래시컬플레이어스 음악감독은 이렇게 끝맺습니다.

"마치 명장이 수개월 동안 혼신을 쏟아 완성한 바이올린과 같이, 오페라는 냉혹한 무대에서 찰나의 아름다움으로 피어나는 종합예술의 꽃이다."

이게 어디 예술, 그 중에서도 오페라뿐이겠습니까. '아름다움은 찰

태미사변

나적'이라는 헤르만 헤세의 말을 빌리지 않더라도, 우리 삶의 순간순간을 비롯해서 우주자연의 만물이 하나같이 항상 탄생하고 사라지고 있기에, 아무것도 똑같은 형상과 모습으로 반복되지 않고 딱 한 번 뿐이기에, 모든 것이 피어났다가 바로 스러지는 걸 한없이 안타까워하면서 슬퍼할 수밖에 없는 일이지요. 너무 너무 애달프다 한들 어쩔 수 없기에 그만큼 소중하게 모든 것의 이 '순간적인 아름다움'을 한시도 미루지 말고 그때그때 만끽해야겠지요.

20170520

태상 드림

친애하는 선생님

아름다운 순간, 그 찰나는 반복될 수 없지요. 2013년 개봉한 영화 '월터의 상상은 현실이 된다.The Secret Life of Walter Mitty'가 떠오릅니다. '라이프'지의 폐간을 앞두고 마지막 판의 표지사진을 찾기 위해 예측하지 못한 여정을 떠나는 월터 미티의 이야기입니다. 그 표지사진의 사진작가를 찾아 떠났고, 그를 만납니다. 사진작가 숀 오코넬이 눈표범을 촬영하는 순간을 위해 오랜 시간, 많은 노력을 했지만 막상 눈표범을 보게 되자 그는 촬영하지 않았지요. 왜 찍지 않느냐는 월터의 질문에 숀 오코넬은 답합니다.

"어떤 때는 안 찍어. 아름다운 순간이 오면 카메라로 방해하고 싶지 않아. 그저 그 순간 속에 머물고 싶지. 그래 바로 저기 그리고 여기."

반복될 수 있는 아름다움일지라도, 이를 보고 느끼는 그 순간들은 매번 달라집니다. 아무리 같은 가수의 같은 노래의 공연일지언정 매번 그 감흥과 짜릿함은 다르지요. 소름끼치며 탄성을 내지르는 공연을 볼 때면 전 조용히 핸드폰 카메라를 내려놓습니다. 그저 그 때의 내 감각들에만 담아둡니다. 그 어떤 사진도 영상도 그 순간의 벅차오름을 모두 담을 수는 없습니다. 제 감각만이 기억하고, 기억하지 못한들 아깝지 않습니다.

예술만이 찰나의 아름다움을 지닌 게 아니며, 삶의 모든 순간들이 그러하다면, 영원이라는 찰나의 순간이 사라질 것을 안타까워하기보다는 다시 오지 않을 이 생을 만끽함이 어떨까요. 선생님이 말씀해주셨던 'Now or Never'처럼요.

20170522

김미래 드림

태미사변

친애하는 미래 님

아, 우리는 정말 참으로 Cosmic Twins임이 분명하네요. 내가 '꿈꾸다 죽거라'의 소제 '상상이 현실이 되게 하려면 환생했다 전해라'에서 언급한 영화 '월터의 상상은 현실이 된다. The Secret Life of Walter Mitty' 미래님도 보시고 그 정수를 간파하셨군요!

"어떤 때는 안 찍어. 아름다운 순간이 오면 카메라로 방해하고 싶지 않아. 그저 그 순간 속에 머물고 싶지. 그래 바로 저기 그리고 여기."

그러지 못했을 때 어떤 일이 벌어질지, 그 실례 하나 들어볼까요.

얼마 전 내 동료 법정 통역관(아랍어)의 딸이 신혼여행 중 파도가 거세게 치는 바닷가 바위 위에서 포즈를 취하는 신랑 사진을 찍다가 큰 파도에 남편을 잃고 생과부가 되었답니다. 아, 급작스레 신랑을 잃은 그 부부는 정말 참으로 너무도 안타깝고 애처롭지만, 어쩜 이 불행막심의 비극적인 주인공 두 사람, 특히 살아남은 새파랗게 젊은 '신혼과부'는 세상의 그 누구보다도 다행스러운 행운아라고 할 수도 있지 않을까요. 가장 아름다운 날 가장 행복한 순간 서로의 가장 아름다운 모습을 영원무궁토록 지니게 되었으니!

흔히 연애의 완성이 결혼이라 하는가 하면 결혼은 연애의 무덤이라고도 하지요. 또 가치는 양보다 질에 있다고도 하지요. 그렇다면 관습 습성으로 백년해로하기보다 가슴 저리고 짜릿한 한 순간에 억만년을 압축해서 살아보는 게 비교도 할 수 없이 훨씬 더 바람직하지 않을까요. 우주적인 시각으로 볼 때 사람이 백 년을 산다 해도 한 찰나에 불과하다면 말이지요. 그러니 시공을 초월한 사랑만이 참사랑이자 참삶이 아닐까요. 아직 만나보지도 않은 사이지만, 우리 두 사람이 잠시나마 이런 삶을 살고 있는 게 아닐까 하는 백일몽까지 꾸게 되는 것 같습니다.

20170523

태상 드림

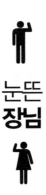

눈뜬 장님

미래 님, 우리 아래 글을 가지고 의견을 나눠 볼까요?

'이 순간'만이 가치가 있다. 내 삶의 수련은 이 찰나를 포착하여 나를 위한 최선의 도구로 만드는 것이다. 내가 끊임없이 진입하고 있는 '지금'이라는 시간은 이중적이다. 지금은 과거이며 동시에 미래다. 이 순간을 포착하는 작업이 '묵상'이다. 묵상은 내가 자신에게 타자가 되어, 제 삼자의 눈으로 현재의 나를 보는 시선이다.

인간은 각자 자신의 인생여정에서 가야만 하는 길이 하나 정해져 있다. 그 길을 가는 과정에서 자신을 깊이 보는 묵상수련을 통해 자연스럽게 드러나는 지름길이 있다. 우리가 그런 거룩한 길을 찾지 못하는 이유가 있다. 그 길이 자신에게 유일함에도 불구하고 남들이 간 길을 곁눈질로 살펴본다. 심지어는 그 길이 좋아 보여 부러워하고 흉내 낸다. 그렇게 부러워하는 것이 무식無識이며, 그런 길을 따라 하는 것이 자살행위다.

— 배철현 서울대 종교학과 교수 칼럼 '봄꽃처럼 저절로 만개하는 자만심을 누르라'중에서

20170528

태상 드림

친애하는 선생님

오만의 결과가 '아둔함과 장님의 모습'이라면, 자책의 결과는 무엇일까요.

스스로가 자신을 궁지로 몰아넣는 것 또한 아둔함이지 않던가요. 만개하듯 피어나는 자만심이 불러일으키는 오만처럼, 낭떠러지로 추락하

듯 미친 듯이 하강하는 자존감이 불러일으키는 자책감은 깊은 동굴로 이끌려 손발에 무거운 쇳덩이를 채우고 벽만 보게 하지요.

이에서 벗어나기 위해서는 내가 처한 슬픔과 죄책감을 내 순간의 기분으로 판단하고 결론지을 것이 아니라 묵상하여야 할 것입니다. 내가 아닌 내가 되어 나를 다시 바라보고, 채찍질만 할 것이 아니라 따스한 손을 건네어 쇳덩이를 풀고 동굴 밖의 빛으로 이끌어줘야겠지요.

이런 생각을 가끔 하곤 합니다. '대체 내가 왜 그랬을까. 바보같이, 난 왜 안 되는 걸까. 정말 안 되는 것일까. 언제쯤 빛을 볼 수 있을까. 빛이라는 것이 존재하기는 하는 걸까.' 자꾸 큰 한숨을 내쉬게 되며, 정신을 못 차리고 어딘지 모르는 망망대해의 어딘가에서 의미 없는 헤엄을 치고 있는 듯 마치 눈뜬장님이 된 기분입니다.

아, 자책과 오만의 차이가 있다면, 자책은 자신이 어리석은 장님인 것을 아는 것이고 오만은 장님인지 조차도 모르는 것이겠지요. 허나 자책에서의 장님은 눈을 뜨지 못하고 감고만 있으니 병신의 모습입니다.

온실 속 화초라는 말이 있지요. 부족할 것 없이, 고생 없이 자라와 제 취향, 입맛이라는 것 할 것 없이 손에 쥐어주는 대로, 입에 넣어주는 대로 지낸 온실 속 화초가 참 많습니다. 제 마지막 연애였던 남자친구는 대단한 할아버지와 대단한 부모님 아래 자라 부족할 것 없이 자랐습니다. 집안 어른들의 입맛에 맞추고 그들의 인생에 발맞추다보면 자신의 인생도 자연스레 열릴 것이라 안주하는 남자였습니다. 당시 저는 스타트업 회사에 들어가 야근은 물론 주말에도 일을 하면서도 끊임없이 현실과 자아와의 싸움을 치렀지요. 새로움을 갈구하고, 그 갈구함을 손에 쥐기 위해서는 못할 것이 없었습니다. 하지만, 전 월 80만원의 열정페이를 받고 6개월 동안 일하는데, 무언가를 직접 일구어내기보다는 쥐어주는 것을 소모하는데 익숙한 그가 참으로 불쌍하더랍니다. 그래서 이별을 선고하였습니다.

모든 사람들은 살아온 환경이 다르고, 배운 바도 다를 테니 같을 수는 없습니다. 하지만 어떻게 자라왔던 간에 자신의 눈으로 보는 세상 아닌 남의 눈을 빌려 바라보는 세상을 살아가고 기대하는 눈뜬장님들은 무식無識입니다.

지금 대한민국 사회는 사람들을 모두 눈뜬장님으로 만들고 있습니다. 타이틀, 명예, 권력 등을 상징하는 것들을 고정하고 일반화시켜 먼 산꼭대기까지 바라볼 수 있는 사람들의 시력을 둔화시킵니다. 청년들에게 창조경제를 앞세우고 청년창업을 권장하지만, 그런 시스템조차 제대로 개설해놓지 않습니다. 이 사회가 아름답다 정의내린 그 얄팍한 시나리오를 벗어나 창조경제를 이룩하자, 4차산업혁명시대를 도래하

태미사변

자 외치지만 매 순간 바스러집니다.

바스러진 부스러기를 다시 뭉쳐 어떻게든 하늘을 향해 홈런을 날려보고자 전 오늘도 꾸욱꾸욱 뭉칩니다. 또 금세 바스러질지언정 침을 뱉어서라도 반죽을 만들어 조물조물 뭉쳐봅니다.

20170524

김미래 드림

친애하는 미래 님

네, 맞습니다. 자책이란 수렁에 빠져 허우적대다간 자포자기, 자멸의 길을 걷게 되겠지만 나 스스로 자신을 위로하고 격려하면서 묵상하여야 할 것입니다. 세상은 공평하기에 겉과 속이 낮과 밤처럼 상반되면서도 서로 보완해주지 않습니까. 이를 일컬어 음양의 법칙, 이치, 조화라 하나 보지요.

'온실 속 화초라는 말이 있지요.'라고 하셨는데, 나 또한 어려서부터 이런 금수저, 은수저, 동수저 물고 태어난 사람들을 부러워하기는

커녕 가엽게 봤습니다. 영어로는 'privileged kids'라 하지요. 나는 이들이 실은 그 반대인 극히 불우한 아이들이라고 생각했습니다. 모든 게 주어졌으면 이 모든 것을 당연시하게 되고 소중한 줄 모르지만, 아무 것도 없다 보면 티끌 모아 태산이 되지 않던가요. 모든 게 다 축복이고 감사할 일이죠. 눈먼 장님이나 신체적인 불구자보다 눈뜬장님이나 몸이 아닌 맘이 불구인 사람들이 진짜 장애인들이란 말입니다. 이렇게 handicapped people을 볼 때마다 자신의 행운을 다행스럽게 여기면서 '신(또는 팔자소관)'의 은총이 아니었더라면 내가 바로 저 처지가 죄인, 악인, 패자, 궁지가 아닌 궁지에 빠진 낙오자였을 텐데 라고 읊조릴 수밖에 없지요.

'바스러진 부스러기를 다시 뭉쳐 어떻게든 하늘을 향해 홈런을 날려보고자 전 오늘도 꾸욱꾸욱 뭉칩니다. 또 금세 바스러질지언정 침을 뱉어서라도 반죽을 만들어 조물조물 뭉쳐봅니다.'

네, Bravo! Cheers!! 피카소도 말하지 않았나요. '네가 상상할 수 있는 건 다 사실이며 현실이다.'

20170524
태상 드림

태미사변

성공과
실패라는 잣대

친애하는 선생님

이런 생각도 들더랍니다. 어려운 일을 더 많이 겪고 이겨내고 싶다고. 이기지 못하고 져도 좋으니 저 낭떠러지로도 떨어졌다가 다시 일어나고를 반복하고 싶다고. 힘든 순간, 한숨을 내쉬며 머리가 지끈거리며 타이레놀 곽에 담배꽁초는 늘어가지만, 그것도 한 순간, 그 순간이 끝나고 났을 때는 희미한 불빛마저 어찌도 반갑고 아름다운지요.

성냥팔이소녀가 Fiction의 동화일지언정, 오랜 세월 동안 세계의 명작동화가 될 수 있었던 것은 그 소녀의 가난과 고난과 그 끝의 슬픔에 독자들의 가슴을 저리게 함이 크지 않을까요. 장하성 고려대 교수가 문재인 정권의 청와대 정책실장으로 임명되고, 이뿐이 아니라 문재인 정부 내각에 임명된 후보들이 주목받음도 그들의 거침없는 지금까지의 인생 덕에 더욱이 주목받고 있는 것 아니겠습니까. 고비와 시련, 매서운 눈초리들, 사회의 핍박과 앞뒤 없는 금지들 속에서 이들에 대항하여 목에서 피가 나도록 외치고 부딪혔던 과거가 있기에 지금은 더욱이 강렬한 빛을 발산하지 않나요.

그 누가 시련과 고난을 사서 하겠습니까. 하지만 이들은 이를 사고 자신의 희생을 바쳐 이 사회의 민주주의와 사회 구성원들의 행복을 얻고자 하였습니다. 사회의 민주화와 국민의 행복이 곧 이들 자신의 열망이었습니다. 그 열망은 너무나도 뜨겁기에 부글거리지 않을 수 없었고, 부글부글 끓는 그 열망이 민주주의 사회를 주조해 나갔습니다.

실패와 좌절, 다시 일어나기를 반복하는 다사다난한 과거를 대가로 명예를 얻고자 하는 것이 아닙니다. 명예가 목적이라면 그 과거는 이미 실패했을 것입니다. 기대 없이 무지의 상황에서 대기하며, 그 안에서 불타올라야지, 이미 결과를 기대한다면 만족되지 않은 결과들에 결핍과 허무를 느끼다가 결국 좌절하고 말 것입니다. 스스로가 좌절하지 않을지언정 결국 세상에 들통나버리지 않던가요. 전 뭐가 어찌돼도 좋으니, 당장 아니더라도 '이렇게 살다보면 좋은 날 오지 않겠어'라는 마

태미사변

음으로 이런 저런 고생, 할 수 있다면 하고 싶습니다. 그렇게 저를 더욱이 강단 있게 성장시키고 싶습니다. 안락에 안주하고 싶지 않습니다.

'실패는 성공의 어머니다.'라는 말. 전 별로 좋아하지 않습니다. 실패가 어머니이고 성공은 그의 자식이라면, 성공이 오기 위해서는 한 세대를 거쳐야하지 않습니까. 실패와 성공의 오락가락 마구 섞이는 것이 좋습니다. 실패와 성공의 공존이 좋습니다. 단 하루만을 사는 인생 아닌 예측할 수 없는 수많은 날을 살아가는 인간으로서 당장 오늘은 성공이다, 실패이다 라고 단정 지을 수 없습니다. 내일이 성공일지 실패일지도 모릅니다. 오늘이 끝난 내일에도 오늘이 성공이었는지 실패였는지 알 수 없지 않습니까. 하루 안의 수많은 때때에 성공과 실패는 수많은 바통터치를 합니다. 또한, 성공과 실패를 가르는 잣대는 아무도 모를 것입니다. 따라서 저는 성공과 실패라는 단어는 별로 쓰고 싶지 않습니다.

억지스럽지 모르겠지만, '나쁘지 않았어!', '나름 좋았지' 이런 말들이 오히려 낭랑하지 않나요. 반대로는 '별로였어', '그지 같았어'라는 말들이 유유하지 않나요. '넌 실패했어', '난 실패자야'라는 말은 미친 듯한 자책을 불러일으키고, '넌 성공했어', '성공이야'라고 하면 오만과 자만을 불러일으키지 않을까요.

어떤 시련과 고난, 좌절이 제게 찾아오더라도 이는 실패 아닌 그닥 좋지 않았던 때가 될 것입니다. 그리고 함께 걸어 나가는 사람들이 있기에 그 시련이 전혀 두렵지 않습니다. 그들의 시련에도 전 항상 곁에 있을 것이며, 말로는 쉬이 날아갈 듯 하여 하지 못하는 말, '사랑한다'는 말을 행동으로 넌지시 비출 것이고 토닥일 것입니다.

20170526

김미래 드림

친애하는 미래 님

먼저 나눈 메일에서도 언급되었지만, 성공과 실패라는 잣대는 어디까지나 다 인위적인 허깨비에 불과하지요. 어른들의 스승인 어린이들에게서 깨우침을 얻어야지요. 어린이들에게는 이러면 이래서 이렇게, 저러면 저래서 저렇게, 모든 게 재미투성이 이니까요. 이러면 이래서 이렇게, 저러면 저래서 저렇게, 탈만 잡는 어른들도 어린이들 같이 인생살이를 평생토록 소꿉놀이 하듯 할 수만 있다면 이런 '아동낙원'이야말로 '지상천국'이 되지 않겠습니까.

"쉬이 날아갈 듯하여 하지 못하는 말, '사랑한다'는 말을 행동으로

태미사변

넌지시 비출 것이고 토닥일 것입니다."라고 하셨는데 천지당 만지당한 말씀입니다. 참사랑이란 말이 아니고 '숨'이고 '삶' 그 자체죠.

미래 님은 이런 아동낙원 코스모스동산에서 마냥 신나고 즐겁게 뛰어놀고 있는 만년 아동이십니다. 모든 다른 어른들도 미래 님처럼 '복낙원' 할 수만 있다면 너무 너무 좋으련만⋯⋯.

20170526
태상 드림

친애하는 선생님

세상 모든 어른들이 어린 아이처럼 동무와 손 붙잡고 아동낙원 뛰어놀면 정말 지상낙원일 텐데요. 색깔론, 지역주의, 권력싸움, 빈부격차, 차별주의 이런 허무맹랑한 잣대들, 장작삼아 다 같이 강강수월래하며 다 태워버려야 할 텐데요. 모두 연기와 재로 소멸시키고, 아닌 건 아니다, 옳은 건 옳다 똑바로 내뱉을 줄 알고, 말만 내뱉을 것이 아니라 서로 손 붙잡고 함께 모래성 쌓아야 할 터인데요.

자신이 마치 하나님인 양 외쳐대다, 정작 하나님인 양 떠받들어주면 언제 그랬다는 마냥 눈만 껌뻑거리는 거짓부렁 오만에 찬 불쌍한 이들 아닌, 되든 안 되든 피땀 흘려 머리와 몸으로 부딪힐 줄 아는 진정한 전사들이 간절합니다. 이들을 기다리며, 마냥 기다리기만보다 제 먼저 전사되어 단단한 갑옷 흐드러질 때까지 부딪혀야죠. 암요 그래야겠죠.

20170529

김미래 드림

정에 사로잡혀
약자가 될 수는 없어

친애하는 미래 님

'정에 사로잡혀 약자가 될 수는 없어'

이건 내가 일찍부터 나 자신에게 다짐해온 mantra입니다. 인간적으로 믿을 수 있는 친구들은 사람이 마냥 좋다 보니 성격이 흐리멍덩해서 일처리가 똑부러지지 못해 사무적으로 신뢰할 수가 없는 반면에, 똑똑한 친구들은 인간성이 고약하거나 극히 이기적이어서 사무적으로는 믿을 수 있어도 인간적으로는 신뢰할 수 없어, 양면으로 믿을 수 있는 동지들을 찾아보았으나 쉽지 않더군요.

또 한 편으로는 나부터가 사사로운 정에 사로잡히다 보면, 내가 진정 되고 싶고 하고 싶은 일을 할 수 없기에, 그 누가 말리고 반대해도 만정을 무릅쓰고라도 가수 마야처럼 '나의 길을 간다고' 외쳐온 것 같습니다. 바라건대 문재인 대통령도 이 점을 명심해주셨으면 하는 뜻에서 칼럼 글 '선량한 무능은 안 된다'를 보내드립니다.

문재인 대통령의 취임 후 파격 행보를 바라보는 국민들의 시선은 일단 긍정적이다. 이런 평가를 반영하듯 국정수행 지지율은 80%를 훌쩍 넘어서고 있다. 하지만 지지율이 언제까지나 고공행진을 계속할 수는 없는 법. 냉혹한 현실과 난제들 속에서 문 대통령의 앞날은 결코 순탄치 않을 것이다. 문 대통령에 대한 주변의 한결같은 평은 그가 선한 사람이라는 것이다. 그가 대통령 취임 후 보이고 있는 소통과 겸손의 행보에서도 이런 선함이 드러난다.

그러나 대통령의 선량함에 대한 호감과 그것이 초래하는 정치적 결과에 대한 평가는 별개의 문제이다. 결과가 좋으면 선함은 미덕이 되겠지만 나쁠 경우 그것은 그런 결과를 초래한 결정적 결함으로 매도될 수도 있다. 선량하지만 무능한 사람보다는, 성격은 조금 괴팍해도 상황판단이 정확하고 유능한 사람이 지도자로서 더 적합할 수 있다.

악마와도 손을 잡아야 하는 게 정치다. 정치는 선한 의도와 머리로

태미사변

하는 게 아니라 부딪히고 깨지면서 헤쳐 나가는 것이다. 그래서 선한 정치인이 꼭 좋은 정치인이 되지는 못하는 것이다. 설득할 것은 설득하고 맞설 것에는 담대히 맞서는 인내와 용기가 있어야 한다. 비난도 감수할 각오를 해야 한다.

– 조윤성 논설위원 칼럼, '선량한 무능은 안 된다' 중에서

20170601

태상 드림

친애하는 선생님

선량은 그 선을 베풀 수 있는 상대가 있을 때 그 단어가 유의미해지지요. 또한 선을 베푸는 상대라 하면 그 사람과의 정이 형성되어 있거나 형성될 것입니다. 하지만 그 정이 1순위가 되다보면 결과를 내야 하는 일적인 부분들은 우선순위에서 밀려나게 되지요. 선생님이 말씀하셨듯이, 서로 허심탄회하며 소주잔을 부딪치는 사람과 동시에 함께 일을 하며 눈에 보이는 결과물을 만들어내는 것은 거의 불가능하더랍니다. 일은 일이고, 사람은 사람이지요. 만약 이를 동시에 가지고 가고 싶

다면 냉정하게 그 중간점을 찾아 행해야 합니다.

　서로 선량하다 여기며 정을 나누던 사이에서 함께 일을 하다 결과적으로 멀어진 친구들이 후에 하는 아쉬운 소리는 거의 같습니다. "왜 나를 가르치려 들어. 넌 너무 단정적이야."

　함께 시너지를 내어 정해진 시간 안에 결과물을 내야 하는데 그 과정에서 약속한 바들을 지키지 않으면 당연히 한 소리 해야죠. 저만 좋자고 하는 일 아니지 않습니까. 누가 그러더랍니다. "서로 화법이 다르고 일하는 스타일이 달라서 그래"라고요. 일, 특히나 협업은 굉장히 객관적으로 임하고 행해야 불신을 낳지 않을 수 있습니다. 가끔은 누군가 선의 관계에서 악마가 되어야 하고, 영원한 악마로 남을 수도 있습니다. 허나 잘못 흐르고 있을 때 누군가는 'Stop'이라 외칠 수 있어야 하고, 잘못된 결과가 나왔을 때는 'Why?'라 물음으로써 객관적인 판단을 내려야합니다. 그렇지 않으면 악순환은 반복되겠지요.

　누가 악마를 자처하고 싶겠습니까. 악마일지언정 그 사람이 진정 선량한 사람일 수도 있습니다. 선을 위해 악으로써 희생하는 것일 테니까요. 모두가 뿌듯한 보람을 느끼고 행복할 수 있는 결과를 만들어 낸다면 최종적으로는 악마의 탈을 썼었던 진정한 천사임이 밝혀질 것입니다.

문재인 대통령은 선한 이미지를 지니십니다. 헌데 저는 가끔은 그가 소름끼칠 때도 있습니다. 얼마 전 문재인이 박근혜 정부 당시 청와대 국무의원들을 모두 모아 식사를 대접하였습니다. 그 때 그가 말했습니다. "여러분은 현재 문재인 정부에 계십니다."라고요. 선한 이미지일지 언정 절제된 말과 행동으로 정곡을 찌를 줄 아는 것 같습니다. 더 지켜 보아야 할 일이지만요.

사랑하는 사람에게 져주기도 하며 약자를 자처하는 것은 행복이고 필요한 자세입니다. 허나, 일을 하는 관계에서 일과 무관한 정에 치우쳐 마치 얄팍한 와인잔 다루듯이 한다면 언젠가 깨질 날이 옵니다.

20170603

김미래 드림

경애하는 미래 님

과연 미래 님은 똑똑할 뿐만 아니라 현명하기까지 하십니다. 새파 랗게 젊은 분이 그 어떤 노인보다 더 성숙하시니 경탄 또 경탄할 일이 지요. 외유내강이란 말이 있듯이 문재인 대통령도 그런 분이라 믿고 싶습니다. '콜롬보 형사'처럼 겉으로는 바보스럽지만 속으로는 실속 다 차리는 능구렁이 말입니다.

또 한 편으로는 '수신제가修身齊家 치국평천하治國平天下'란 말도 있지만 그 반대로 큰 일을 도모하기 위해서는 예수, 석가모니, 소크라테스 등 성인들을 비롯해 수많은 애국지사, 인권투사, 민주투사들 같이 가족과 제 목숨까지 버려야 하는지 모르겠습니다.

이쯤에서 우리는 이상과 현실이란 만고의 딜레마에 빠지게 됩니다. 윤동주처럼 '죽는 날까지 하늘을 우러러 한 점 부끄럼이 없기를' 아니면 춘원 이광수처럼 양면적인 인물로 힘이 있는 자만이 자유와 개성을 논할 수 있다는 입장에서 사회진화론의 적자생존과 약육강식을 신조로 삼을 것인지, 다시 말해 하루 아니 한 순간을 살더라도 정몽주의 '단심가'를 아니면 이방원의 '하여가'를 부를 것인지는 각자의 선택 사항이라 할 수 있겠지요. 비현실적으로 실현 불가능한 이상만을 추구한다는 게 허망하다면 현실적으로 실현가능한 이상적인 현실에 절충 안주할 수밖에 없지 않겠는가 하는 회의와 체념에 다다르게 되겠지만 그래도 내 책 제목 그대로 '꿈꾸다 죽거라' 이것이 신神과 동물의 튀기라 할 수 있는 우리 인간에게 주어진 특혜가 아닐까요.

어떻든 우리 각자는 소아小我라는 소우주micro-cosmos에서 대아大我인

태미사변

macro-cosmos를 발견해 한 순간 한 순간 영원을 살며 매 순간 신비와 경이에 싸인 찰나적인 아름다움을 만끽할 수 있지요.

20170604

태상 드림

인간은 지구의 주인이 아닌
관리인이다

친애하는 미래 님

우리 지구 문제에 대해 생각해 볼까요?

2015년 12월 세계 196개국이 파리에서 채택한 파리기후변화협정은 지구온난화를 억제하여 인류를 기후변화의 악재로부터 살려야 되겠다는 전 세계인의 염원이 담겨 있다. 그런데 미국의 대통령 트럼프가 지난 6월 1일, 파리협약에서 탈퇴를 선언했다. 이로써 시리아와 니카라과에 이어 3번째 협정에 참여하지 않은 국가가 됐다.

태미사변

인간이 가진 가장 단점 중 하나가 자기가 한 일을 자기가 모른다는 데 있다. 모르면 주위의 사람들이 깨우쳐 주어야 한다. 깨우쳐 줘도 모르면 그건 무엇일까. 인간이 아니라 금수, 즉 짐승에 가까운 피조물이 아닐까. 정결하고 깨끗한 우물물이 온통 흙탕물로 변해버리는 건 순간이다. 미꾸라지 한 마리, 헤엄치고 다니면 된다.

미국이란 나라가 미꾸라지 하나 때문에 흙탕물로 변해버린 것 같아 안타까울 뿐이다. 온실가스가 지구를 덮어버리면 오존층이 파괴된다. 오존층이 파괴되면 태양의 자외선광선이 지구를 덮쳐 인간과 가축에 각종 암 발생은 물론 식물의 광합성마저 깨트려 자라나지 못하게 된다. 식물과 동물들 없으면 사람들 무엇으로 먹고살까.

– 김명욱 객원논설위원 칼럼, '인간 생존의 위협, 온난화' 중에서

20170604
태상 드림

친애하는 선생님

　아무리 대단한 예술이고 창작도 본디 자연의 아름다움을 따라갈 수는 없습니다. 어떤 작품도 음악도 푸르른 바다와 초록빛의 산의 광경만큼의 영감을 전달해 주지는 못합니다. 또한, 지금 이 세상에 존재하는 모든 것들이 본디 그대로의 자연에서 시작되었으니 모든 것의 시작점이자 최종점은 자연이지요. 자연이 있기에 인간 또한 생존하고 많은 것들을 향유할 수 있습니다.

　헌데 이 세상의 인간들은 나고 자란 이 지구의 자연을 당연시여기고 향유할 줄만 알지, 감사할 줄은 모릅니다. 저번 주 인사동을 걷다가 안국역 앞에서 땡볕에 하루 종일 서서 사람들에게 자연의 평화를 외치는 사람이 있었습니다. ‘GREENPEACE’라는 비영리 글로벌캠페인 단체로 지구의 목소리를 대변하고 있는 사람들이었습니다. 정말 많은 인파가 지나다니는 인사동에서 그들은 이성을 가진 많은 사람들에게 지구를 지켜야 한다는 목소리를 내며 사람들이 듣고 함께 실천하기를 기원하고 있었습니다. 헌데 그 분이 말씀하시길 오늘 설명을 들어준 사람은 10명도 안되고, 후원자는 한 명도 없었다는 것입니다. 전 그 수많은 사람들이 지나다니는 인사동에서 환경문제를 해결하기 위해 실천하고자 하는 의지를 지닌 사람이 한 명도 없었다는 것에 큰 충격을 받았습니다. 나의 실천을 통해 greenpeace가 실현되는데 일조할 수 있고, 하루 종일 외로이 지구의 목소리를 외치는 그들이 좌절하지 않고 꾸준히 외칠 수 있도록 힘을 주고 싶었습니다. 그린피스 후원을 그 자리에서 결심하였고, 후원자 등록을 하고 왔습니다. 전 세계적으로는 350만 명이 참여하고 있으며, 한국에서는 3만5천여 명만이 참여하고 있다고 합니다. 지구를 보존하기 위한 인간의 실천에는 다양한 경로가 있겠지만 확실히 사람들은 이에 각성해야 합니다.

트럼프 또한 각성해야 할 것입니다. 무엇이 옳은 것인지, 무엇으로 그를 포함한 전 국민이 존재할 수 있는지, 국가와 세계를 위한 진정한 옳은 실천이 무엇인지 재고하여야 할 것입니다.

요즘은 지난봄보다 미세먼지 농도가 훨씬 낮아지고, 매일 날이 좋아 하늘이 푸릅니다. 사람들은 하늘의 동동 떠다니는 솜사탕 같은 구름을 찍어 SNS에 올립니다. 맑은 하늘을 보고 사람들은 평안을 되찾습니다.

오래오래 맑은 하늘을 보기 위해서, 하늘을 위해서, 나를 포함하여 모든 사람들은 생각을 시작으로 행동해야 합니다.

20170604

김미래 드림

친애하는 미래 님

잘 아시겠지만 영국에서 일어났던 '러다이트 운동^{Luddite Movement}'이 있습니다.

러다이트 운동은 노동자들이 자본가에 맞서 계급투쟁을 벌인 노동운동이었다. 영국의 섬유 노동자들은 자본가로부터 하청을 받아 일하는 비정규직 노동자들이었는데, 일하는 노동에 비해 이윤의 분배가 적은 착취로 고통 받고 있었다. 실제로 그들이 받는 임금은 빵 한 개만 살 수 있어서 가족을 부양할 수 없었다. 더구나 영국 정부가 자본가와 결탁하여 단결금지법을 제정했기 때문에, 19세기 영국 노동자들은 노동조합 결성, 단체교섭, 파업 등으로 단결하여 싸우는 노동운동을 하지 못했다. 그래서 노팅엄셔 · 요크셔 · 랭커셔를 중심으로 자본가에게 빌려 사용하던 기계를 파괴함으로써 자본가의 착취에 맞서 계급투쟁을 하였는데 이를 러다이트 또는 기계파괴운동이라고 부른다.

– Wikipedia 중에서

아울러 내 책 '코스미안 어레인보우'의 소제 '같은 숨을 쉰다. 舜泰一'에서도 그 일부를 소개했지만 1954년 미국의 제 14대 대통령 프랭클린 피어슨에게 쓴 편지에서 인디언 추장 씨어틀은 이렇게 말합니다.

태미사변

모든 생물은 같은 숨을 쉰다. 짐승, 나무와 풀 그리고 사람들 자신도 말이다. 그런데도 백인들은 자신들이 들이쉬는 공기를 알지 못하는 것 같다. 여러 날을 두고 자리에 누워 앓다가 죽는 사람 같이 그들은 자신들의 고약한 냄새를 맡지 못하고 있다. 백인들 또한 시간이 지나면 멸종하게 되리라. 어쩌면 다른 인종들보다 앞서서 이 세상에서 사라질 것이다.

내 책 '무지코'의 소제 '코리아 환상곡'에서 소개한 근대 서양 오페라의 창시자로 불리는 독일의 작곡가 리카르트 바그너가 13세기 전반에 걸친 중세 독일의 대서사시 '리벨룽겐의 노래'를 소재로 작사 작곡한 '니벨룽겐의 반지'의 끝 장면에서처럼 결국 자연은 스스로를 되찾아, 권력에 굶주린 쓰레기 같은 가짜 신神들을 제거하고, 결코 지구의 주인이 아닌 관리인임을 자각한, 자연인으로서의 인간다운 참 모습을 되찾아 새로운 미래를 개척하는 미래 님 같은 아름다운 인간들에게 세상을 맡기는 꿈을 꾸어봅니다.

Bravo! Cheers!

20170605
태상 드림

친애하는 선생님

인디언 추장 씨어틀의 편지글을 읽게 해주셔서 감사합니다.

결코 인간은 자신이 숨 쉴 수 있는 이유의 존재들을 망각해서는 안 될 것입니다. 자연은 물론이거니와, 산업이 지속되고 활성화할 수 있도록 열심히 일하는 노동자들을 망각해서는 안 될 것입니다. 영원한 선순환, 그리고 최고의 결과를 기대한다면 내 옆, 내 아래, 내 위의 사람 모두를 품어 그들이 행복의 미소를 짓게 도와야 할 것입니다.

한국에서 끊임없이 불거지는 이슈는 바로 비정규직의 정규직화입니다. 서울대학교 내에서만 하더라도 일년에도 여러 차례 비정규직자들이 시위를 합니다. 정확한 연유는 모르겠지만, 한 기관을 운영하는 데 필요한 인력을 꾸준히 이끌고 가고 싶다면 무시하고 피할 것이 아니라 자신들의 솔직한 입장도 말하고 상대의 입장도 들어주며 오해의 소지가 있다면 해소하고, 소통을 통한 절충점, 또는 새 정책을 내놓아야 할 것입니다.

도대체 자존심이 무엇이고 명예는 무엇이며 부는 무엇인지요. 선생님은 가진 것들을 덜어내는 중이시라 말씀하셨지요. 숨을 내쉬는 삶이 끝이 나면 결국 먼지가 되어버릴 것이니 삶의 영원을 만끽하여야 할 터

태미사변

인데, 자신을 옭아매고 타인을 옭아매 숨 쉬는 것조차 버겁게 하다니요. 어차피 결국엔 가지고 가지 못하는 것들, 그렇게 따지고 본다면 결코 처음부터 모두 다 제 것이 아니지 않습니까.

남의 미운 점, 단점, 사적으로 잘못한 점 꼬치꼬치 캐물어 뭐할 것이며, 제 자신은 그 모든 것들에 투명하며 당당한 사람인가 우선적으로 생각해본 것일까요. 인사청문회를 보면서 항상 느끼는 바입니다. 그 사람의 적정성을 물어야지, 후보의 부인의 갤러리 작품이 얼마에 몇 작품이나 팔렸는지 보고서를 제출하라니요.

인간은 이성을 지녔지만 세속에 적응되면서 가진 것 이상을 손에 쥐고자 욕심을 부립니다. 인간은 욕심, 좋게 말하자면 야망이 있는 동물이기에 세상은 끊임없이 발전합니다. 허나, 그 욕심이 결과적으로 정말 사회의 선순환에 기어하는가에 대해 고민해보고 실천해야 합니다. 악순환을 불러오는 욕심은 결국엔 탄로가 나 결국 탈이 날 것이지요.

20170605
김미래 드림

단 한순간도
행복하지 않았다

친애하는 미래 님

"단 한순간도 행복하지 않았다"는 마릴린 먼로 자서전의 한 구절입니다. 허상과 진상의 차이를 극명하게 보여주는 사례가 되겠죠.

배우 마릴린 먼로가 1926년 6월 1일 태어나 62년 8월 5일 신경안정제 과다복용으로 숨졌다. 그 36년의 짧은 시간 동안, 그는 자신이 출연했던 영화들보다 훨씬 극적인 삶의 이야기를 남겼다.

생전의 그는 숨질 때까지 자신을 유명하게 한 '섹스 심벌'의 이미지

태미사변

로부터 도망치고자 노력했다. 데뷔와 거의 동시에 이미 스타였던 그는 부끄러움 없이 연기학교와 대학 공개강좌를 찾아다니며 예술가로서의 기량을 늘리고자 노력했고, 50,60년대 할리우드의 이념 지형 안에서 시민으로서의 좌표를 찾기 위해 진지하게 고민했다. 한사코 치마를 들추려는 할리우드 상업자본도, 어쩔 수 없이 그 요구에 순응하는 자신을 그는 못마땅해 했고, 그렇게 자신을 소비하는 대중도 혐오스럽게 여겼다. 일기형식의 자서전 '마이 라이프'에서 그는 "사람들은 '나'를 보는 게 아니라 나를 통해 자신들의 음란한 생각을 본다. 나를 사랑한다고 하지만 내가 아닌 누군가를 사랑하면서 자기들의 환상이 깨지면 나를 탓한다."고 썼다.

– 최윤필 기자 칼럼 '마릴린 먼로' 중에서

20170602
태상 드림

친애하는 선생님

아직까지도, 아니 평생 마릴린 먼로는 섹시 아이콘으로 남을 듯합니다. 그녀의 현란한 금발의 컬과 레드립, 그리고 미인점은 섹시의 대명사로 굳혀지었습니다. 많은 이들이 그녀를 따라하며, 그녀의 강렬한 인물사진은 예술의 창작요소이자 도구로써 끊임없이 회자되고 있습니다. **Sexy**는 성적으로 매력적이라는 의미를 포함하여 여성에게 그 단어를 사용하였을 때 가끔은 불쾌함을 주기도 합니다. 동시에 본디 그 개인의 매력 자체로 굉장히 아름답다 강렬하게 표현하기도 합니다. 많은 사람들이 그녀를 따라할 지어도 그녀 자체만의 매력은 매우 고유하고 아름답습니다. 그녀의 섹시함은 그녀의 특별한 아름다움입니다.

난 어떤 사람일까.

내가 잘할 수 있는 게 뭘까.

난 뭐해서 먹고 살지.

난 왜 이렇지. 난 왜 저렇지.

이런 질문을 자신에게 던지기 전에, '내가 가진 것은 무엇일까'를 물었으면 합니다. 세상 모든 사람들은 전혀 같을 수 없어 잘나고 못났음을 절대 한정적인 것들로 정의내릴 수 없습니다. '나는 왜 이것밖에 안될까' 보다는 '난 이런 사람이구나'를 인지하고 그 요소를 활용할 줄 알아야합니다. 내 자신이 사소하다 여겨온 나의 요소가 어찌 보면 남은 지니지 못한 특별한 무언가일 수 있습니다.

난 왜 저런 걸까 보다는 부정적이라 여겨온 저런 나의 요소를 오히려 가지고 놀아볼 수도 있지 않습니까. 나란 사람을 구성하는 요소들을 나열하였을 때, 그것들 하나하나가 긍정적이든 부정적이든 간에 자연스레 조화시키어 나만의 스토리를 엮어보아야 합니다. 이를 시작으로 내가 앞으로 이 사회의 구성원으로서 어떻게 걸어 나갈 수 있는지 나만의 그림을 그리고 몸소 실천하였을 때는 비교할 수 없이 즐겁고 당당할 것입니다. 본디 제 자신을 표현하는 것일 테니까요.

그런 면에서, 마릴린 먼로는 자신이 가진 매력을 표현하였고, 죽음 후에도 이를 세상에 남기었습니다. 그녀가 어떤 사람인지, 그녀가 간절했던 것은 무엇인지 이제는 들을 수 없기에 알 수 없을 것입니다. 또한 그녀가 직접 내뱉은 목소리보다는 남들의 목소리로부터 그녀는 그려지고 정의되었습니다. 죽어서도 홀가분하지 않아 항상 절벽 위에 서있는 듯, 허나 절벽에는 아름다운 드레스와 보석이 잔뜩 있는 옷장이 늘어서 있으며 향기로운 꽃들이 항상 그녀 주변에 만발해 있겠지요. 그래서 그녀는 절벽을 뛰어내리지 못했었고, 지금도 그러하지 않을까요. 그녀는 많은 것을 지니었지만 그녀의 자서전이 말해주듯 '죽어도 여한이 있다.'겠지요.

20170605

김미래 드림

친애하는 미래 님

'Sexy'는 성적으로 매력적이라는 의미를 포함하여 여성에게 그 단어를 사용하였을 때 가끔은 불쾌함을 주기도 합니다. 네, 당연하지요. 'Sexy'하다 할 때는 인격이나 성격과는 상관없이 사람을 사람으로 보지 않고 마치 개들이 킁킁대며 암내 수내를 맡아보듯이 상대방을 순전히 sex의 대상으로만 보는 동물적인 표현이 아니던가요. 그러니 사랑과도 아무런 상관없이 사용되는 단어인 것 같습니다. 물론 사람도 동물이니 종족번식을 위해서는 성적인 면을 무시할 수 없겠지만 한 사람의 특성과 매력은 그 사람의 모든 면을 하나도 빠짐없이 다 내포하는 것 아니겠습니까. 마릴린 먼로뿐만 아니라 우리 모두 많은 것을 지녔지만 나와 다른 남들과 비교하거나 상품화되고 기계화된 기준에 맞추다 보니, 있는 걸 보지 못하고 없는 것만 추구하느라 고유의 자아상실을 하고 불행해지는 게 아닐까요. 벌은 벌처럼 나비는 나비처럼, 독수리는 독수리 같이 달팽이는 달팽이 같이 살 일이지 결코 남 흉내 낼 수 없다는 말입니다. 너는 너답게 나는 나답게 살 때에라야 비로소 우리 모두 각자는 각자 대로 죽어도 여한이 없는 삶을 살게 되지 않겠습니까. 이런 삶이라야 부족함 없이 온전하고 행복한 삶이 되겠지요.

20170605

태상 드림

태미사변

친애하는 선생님

선생님 말씀이 맞습니다. 정말 지당하십니다. 사실 남들과 비교하며 보편적이라 정의 내려버리는 기준은 굉장히 모호할 뿐만 아니라 사실 존재조차 하지 않지 않습니까. 무엇이 잘난 것이고 못난 것인지의 기준은 절대 없습니다. 잘 사는 것과 못 사는 것의 기준 또한 없습니다. 그저 본인이 행복하다면 그것이 진리이겠지요. 헌데 많은 사람들은 남들의 행복과 높은 삶의 질을 목표삼아 허둥거립니다. SNS와 미디어, 그리고 주변 사람들로부터 비춰지는 겉모습에 홀리어 진정한 자신의 행복의 길을 잃은 채 다른 세상을 부러워합니다. 직업에는 귀천이 없고, 자신이 하는 일이 무엇이든지, 그 시작점이 어떨지언정 지금 당장의 수익과 먹고 사는 문제를 걱정하며 잣대질할 것이 아니라 자신이 할 수 있는, 곧 자신이 되는 일을 오랫동안 걸어가 여한이 없는 삶을 끌어야겠지요.

기회는 찾아오기도 하지만, 그것에 의심하고 반감을 지닌다면 절대 그 기회는 제 것이 될 수 없습니다. 열린 마음으로 자신을 성찰하고 자신을 떠올려주는 타인에게 귀한 감사를 느끼며 일단 그 기회가 무엇인지 들여다보고 소통해야 합니다. 따라서 기회는 자신이 만들어가는 것이 맞지요.

20170607

김미래 드림

우리 모두
창조주임을

친애하는 미래 님

　내 젊은 날 서울에서 잠시 법원 출입기자로 뛸 때 '용화교 사건'이 있었습니다. 이 용화교 교주는 수많은 여신도들을 농락하고 그들로부터 뽑은 음모로 방석을 만들어 깔고 앉았다고 해서 큰 화제가 됐던 인물이지요. 위키백과에 기재된 내용은 아래와 같습니다.

　용화교龍華敎는 서백일徐白一, 본명은 서한춘徐漢春이 창시한 대한민국의 사이비종교로 교리를 빙자하여 금품을 갈취하고, 여신도들을 간음해 오다가 1962년에 발각되어 사회적으로 크게 물의를 빚은 집

　　　　　　　　　　　태미사변

단이었다. 전라북도 김제군(現 김제시) 청도리 용화사龍華寺가 본부였다.

20170609

태상 드림

친애하는 선생님

아니 무슨 저런 사람이 다 있습니까. 저런 허황된 거짓부렁을 내세워 신도들을 모으는 미치광이들이 있다니요. 허황된 종교에 발을 들이고 그의 추종자가 되는 신도들도 멍청이지만, 그 허황된 종교를 미끼삼아 결국에는 개인의 사심과 욕구를 채우려는 낚시질을 해대는 종교의 간부들은 도대체 어떤 세상을 걸어왔고 살았기에 그런 미치광이가 되는 것일지요. 제가 너무 세상을 모르고 살았나 봅니다. 이런 사건을 들어보지도 못했었다니.

한 종교의 맹목적인 신도가 되면서부터 그 개인의 마음가짐과 매 순간의 신념은 그 종교의 가르침에서 벗어나기는 쉽지 않습니다. 사이비 종교인 용화교 또한 말도 안 되는 종교이지만 그 종교의 신자가 되면서부터 거짓부렁 미륵을 숭배하며 미륵이 외치는 것을 진리로 받아들여 맹신하였겠습니다. 허나, 그 종교에서 발을 빼고 온전히 자신의 눈으로 세상을 바라본다면 모두 허울일 뿐이다 깨달을 것입니다. 용화교의 창시자, 서백일은 자신이 만든 종교의 신도의 칼에 찔려 살해를 당했다지요. 그 신도 또한 그러한 게 아닐까요.

각 개인에게는 자신만의 신념이 있고, 그 신념이 강렬하다면 아무런 실증 없는 종교의 말말말은 필요하지 않습니다. 오히려 종교로써 끊임없이 자신의 삶을 합리화하고 용서받으며 그 이상으로 내딛는 법을 잊어버리고 안주하게 됩니다. 삶에 지치고 상처받은 이들에게 필요한 것은 종교만이 아닌 아무런 대가없는 따스한 손길이며, 자기 자신을 다시 되돌아보며 사랑하는 것이며, 그 행복으로 다시 내일을 살 수 있도록 이끌어주는 응원입니다.

전 제 동생, 우리 세래가 자신의 신념으로 세상을 걸어 나가고, 나아가 멋진 리더가 될 수 있도록 보이지 않는 곳에서 물도 주고 예쁜 말도 해주렵니다.

20170611

김미래 드림

태미사변

만남과
헤어짐

친애하는 미래 님

　가수 싸이의 '강남스타일'이 수록된 6집 앨범에 '어땠을까'라는 노래가 있지요. 가수 박정현과 듀엣으로 부른 곡인데 후렴구에 여자가 '어땠을까'를 반복하는 동안 남자는 '내가 그때 널 잡았더라면 너와 나 지금보다 행복했을까 마지막에 널 안아줬다면 너와 나 지금까지 함께 했을까'라고 자문하지요.

　이렇게 되돌아볼 일이 어디 한둘이겠습니까. 하지만 놓친 사랑, 놓친 기회 등을 아쉬워한들 소용없는 일이라면 지나간 일은 생각할 것도 없이, 지금 당장 순간순간 부닥치는 일에서 그때그때 자신이 생각하는 최선의 선택을 하면서 '가슴 뛰는 대로' 살다 보면 후회할 일도 없겠지요.

그렇다 해도 김소월의 시 '못 잊어'가 있지 않던가요.

못 잊어 생각이 나겠지요,

그런대로 한세상 지내시구려,

사노라면 잊힐 날 있으리다.

못 잊어 생각이 나겠지요.

그런대로 세월만 가라시구려,

못 잊어도 더러는 잊히오리다.

그러나 또 한껏 이렇지요,

그리워 살뜰히 못 잊는데,

어쩌면 생각이 떠지나요.

회자정리가 만고의 진리라면, 만남과 헤어짐이, 삶과 죽음이 동전

태미사변

의 양면 같다면, 헤어짐이 모질수록 만남이 영원무궁토록 아름다움으로 남게 되지 않을까요. 아마 어쩜 그래서 부모자식 형제지간이든 부부나 애인연인 사이에서든 헤어질 때는 모질게 정을 떼어주고 떠나가게 되는가 봅니다. 더 깊이 상처 받지 않고 빨리 잊을 수 잊도록…….

20170613
태상 드림

친애하는 선생님

여러 번 선생님께서 말씀주신, "미우니까 사랑이고, 슬퍼서 사랑이다. 또한 사랑해서 밉고, 사랑해서 슬프다."를 떠올린다면, 잔인하게 안녕을 선고할 수 있는 것도 잔인하도록 사랑했기에 잔인하게도 모질게 굴 수 있겠습니다.

그러한 마지막 안녕 후 끝이 난 사랑은 사랑하는 이에 대한 그리움보다도 사랑하는 이와 함께 했던 장소, 그 때의 웃고 울던 감정의 순간들을 그리워합니다. 세상 곳곳 어디를 가나 떠오르는 이미 쫑이 나버린 사랑은 그 때의 추억입니다. 많은 연인들이 헤어지고 나서 슬픔에 잠길니다. 그 슬픔은 바로 오랜 시간 당연하다고 여겼던 상대의 부재로부터 옵니다. 당연하던 존재와의 교류, 그리고 교감의 급작스러운 종결은 불안을 낳아 그리움으로 찾아옵니다.

모질게 정을 떼어내는 사랑의 마지막 종착점이 어딘지 아는 것은 무척이나 어렵습니다. 마지막이 아니지 아닐까, 지금 이게 정말 마지막인 것인가? 당최 판단이 어렵습니다. 정말 사랑할수록 마지막을 부정하고 싶습니다. 그래서 더욱이 모질어지나 봅니다.

20170615

김미래 드림

친애하는 미래 님

화가는 몸과 마음이 가벼워야 원하는 그림을 그릴 수가 있다고 하지요. 이게 어디 그림뿐이겠습니까. 만남과 헤어짐도 그렇지 않을까요. 어떤 만남에서도 헤어짐을 전제하고 기대치를 제로로 내려놓고 대하다보면 순간순간 더할 수 없도록 훌륭한 명화를 그릴 수가 있게 되지 않겠습니까. 너무 너무도 가슴 아프고 저리도록, 한없이 슬프도

태미사변

록 아름다운 그림을 영원무궁토록 이어지는 그리움으로 그리게 되는
지도 모를 일이란 말입니다. 어디까지나 희망사항이지만요.

20170616

태상 드림

'독'도 좋은
'약'으로

친애하는 미래 님

내 책에서도 여러 차례 통탄하면서 강조해온 독립적인 사고의 필요성을 일깨워주는 칼럼 글 '문 대통령의 독립적인 사고'와 '세상에 버릴 게 없다'는 나의 지론을 뒷받침해 그 예시를 잘 들어주는 칼럼 글 '독과 약'을 아래에 옮겨드립니다.

페스트라이쉬 교수의 말을 짧은 한 문장으로 요약한다면 "한국인들은 지성과 안목이 풍부한데 왜 강대국, 특히 미국의 논리에 항상 종속적인가" 하는 것이다. 그는 한국인이 독립적인 사고를 하지 못하

태미사변

는 이유를 크게 3가지로 분석한다. 부역과 굴종을 강요당했던 오랜 식민지배의 영향, 강대국을 섬겼던 사대주의 전통, 왜곡된 사고체계를 강요하는 분단체제가 그것이다. 이러한 역사적 배경 때문에 한국인들, 특히 지식인들은 자신도 모르게 외세추종적인 사고방식에 젖게 되었다는 것이다.

개인이든, 국가든 독립적인 사고를 하지 못하면 주체성과 존재감을 상실할 수밖에 없다. 존재의 이유를 자신이 아닌 외부적 요건에서 찾기에 참을 수 없는 존재의 가벼움에서 벗어날 수 없다. 우리 안에 스며든 사대주의와 수동성을 자각하고 독립적인 사고를 하는 주체가 되어야 개인이든, 국가든 품격과 위엄을 갖출 수 있다.

－ 이원영 논설실장, 문 대통령의 '독립적인 사고' 중에서

독은 나쁜 것이고 약은 좋은 것이다. 독은 사람을 죽이고, 약은 사람을 살린다. 정말 그런가? 하지만 아이러니하게도 이 말은 정답이 아니다. 독이 사람을 살리기도 하고, 반대로 약이 사람을 죽이기도 한다. 독이라는 한자를 사전에서 찾아보면 작은 양으로 병을 고친다는 뜻도 담겨 있다. 약이라는 한자를 사전에서 찾아보면 놀랍게도 '독毒'이라는 뜻도 나타난다. 그런 의미에서 보면 '독약毒藥'이라는 단

어는 묘한 조합의 말이다. 독이 곧 약이라는 의미이기 때문이다. 독도 약이다.

나쁘다고 생각하고, 싫다고 생각하고, 없어졌으면 좋겠다고 생각하는 모든 것이 실제로는 모두 우리에게 약이 될 수 있다. 없어져야 하는 악惡이라고 생각되는 것조차 제 역할이 있으며 우리와 함께 살아가야 하는 귀한 존재일 수 있다. 무조건 독이라고 하여 내치려 하지 말고 내게 보여주는 교훈을 들어야 한다.

한편 내게 도움이 되는 약인 줄 알았던 일들도 독이 되는 경우도 많다. 특히 지나침은 언제나 경계해야 한다. 알맞음의 미학은 늘 어렵지만 그래서 더 아름답기도 하다. 독을 약으로 바꾸는 삶을 살아야 한다. 약을 약으로 남게 하는 삶을 살아야 한다. 그리고 다른 사람에게도 약이 되는 인생이어야 한다. 이게 바로 독과 약이 보여주는 세상이다. 세상에 나쁜 것은 없다.

– 조현용 경희대 교수 칼럼, '아름다운 우리말, 독毒과 약藥' 중에서

태미사변

친애하는 선생님

　사고를 하기도 전에 많은 사람들은 외적 요인들에 휘감기고 휘둘려 자신만의 독립적인 사고를 하지 못합니다. 사회현상과 주위 사람들의 주장들에 어긋나는 독립적인 주장을 하는 사람들을 오히려 바보, 또라이라 여기지요. 참으로 어리석은 세상입니다. 독립적인 사고를 통한 실천과 결과를 통해 기존에 없던 것이 창조되고 개발되어 세상을 발전시키는 것인데, 기존의 것들이 정답이고 최선이라 여기며 애초에 사고의 시작 문을 닫아버립니다.

　한국은 세계에서 교육수준이 높은 나라로 꼽히는데, 대한민국 국민이라면 필수적인 책임이자 의무라 당연시되는 초중고 교육제도와 사회적으로 너무나도 뜨거운 학부형들의 교육열은 20살 성인이 되기 전의 청소년들에게 높은 시험 성적이 삶의 Goal이라 세뇌시킵니다. 도와 덕을 가르친다는 도덕이라는 과목조차 5지선항의 객관식 문제로 그 학생의 도덕수준을 평가하지 않습니까. 자신만의 뚜렷한 신념과 주장을 내세우기엔 너무나도 말랑한 뇌를 지닌 초중고등학교 학생들에게 이론적인 단어들과 숫자로 도덕의 가치를 정립시키는 대한민국 교육은 애초에 독립적인 사고를 불가능하게 만들어버립니다.

　대학교에는 철학과 연관된 다양한 교양 강좌가 개설됩니다. 졸업을 하기 위해서는 필수적으로 이수해야 하는 철학과목이 있기도 합니다. 허나, 학생들이 가장 어려워하고 기피하는 강의가 바로 철학이 담긴 강좌들입니다. 듣지도 보지도 못한 철학자의 이름과 도저히 이해할 수 없는 철학이론과 주장들은 허공의 뜬 구름 같으며, 이를 토론하고자 하면 본질적인 사고를 한 적이 없는 학생들은 서로의 눈치만 보며 누가 먼저 입을 열기만을 조용히 기다립니다. 점점 이렇게 시스템화 되어가는 대한민국 학생들의 뇌는 본질적인 사고, 나아가 독립적인 사고를 더욱이 어렵게 만들어버립니다. 그래서일까요. 사회가 말도 안 되게 정의해버린 아름다운 시나리오가 최선이자 정답이라 여기고 그곳에 억지로 발맞추려 애를 씁니다.

어려운 가정에서 자라 어렸을 적부터 제대로 된 교육을 받지 못하고 오히려 밖에서 몸으로 부딪혀 돈을 모아야 했던 친구들 중 일부는 기존 사회에 대항하여 당당히 자신의 걸음을 걷습니다. 일찍이 돈, 겉모습, 타이틀에 얽매이지 않고 진정한 독립적인 행복을 추구하며 이를 세상에 내보였을 때 기존 사회는 이에 갸우뚱거리다가도 감탄합니다. 기존에 없던 창조는 자극적인 거부감을 일으키다가도, 신선한 자극에 호기심을 유발하고 서서히 인정을 받습니다.

창조는 절대 새로운 것이 아닙니다. 독립적인 사고 또한 절대 새로운 것들의 조합물이 아닙니다. 세상에 존재하는 모든 것은 절대 새로운

태미사변

것들이 아닙니다. 과거와 오늘이 미래를 만들지 않습니까. 다만 기존의 것들이 조화, 변주, 역행, 그리고 파생되어 만들어집니다. 시작점이 있다면 그로부터의 파장은 자연스레 메아리 되어 확장됩니다. 시작이 전부라는 말이 여기서 적용되는 것이 아닐까요. 허나 그 시작점을 찍는 것이 두려워 기존의 것에 손가락 하나 걸치려는 이 답답한 사회 속 꽉 막힌 사고들에 정치, 경제, 문화 등에서 악순환은 계속됩니다.

사회의 리더가 되려면 약은 좋은 약으로, 독 또한 좋은 약이 되도록 조정할 수 있는 독립적인 사고를 해야 합니다. 그러기 위해선 과거와 현재의 약과 독이 무엇인지 알아야 합니다. 끊임없는 소통과 경험, 배움을 통해 나만이 아닌 다수를 파악하고, 변화가 필요한 지점에서 방향을 전환하는 독립적인 사고와 실천이 필요합니다. 또한 그 독립이란 단어는 가면이 아닌 진실한 내면의 본질에서 출발해야 할 것이고요.

20170702

김미래 드림

KOREA
OPEN

경애하는 미래 님

6.25 사변이 발발한 지 67년 만에 정말 하늘이 놀라고 땅이 흔들릴
정도로 세상을 놀라게 할 경천동지의 사변事變이 일어나고 있지 않습
니까. 어떻게 이냐고요? '태미사변'이 일어나고 있으니까 말이죠. 참
말입니다.

옮겨드리는 이철 칼럼 '골프의 나라 코리아'에서 언급되었듯이 이제
는 'US OPEN'이 아니라 'KOREA OPEN'이 된 것 처럼요. 스포츠 골
프에서뿐만 아니라 새로운 인류의 미래를 개척하는 정치, 경제, 문화

의 장에서도 코스미안 시대를 열어주십시오.

FIGHTING! CHEERS!! BRAVO!!!

한국 여자골프가 세계대회에서 두각을 나타낸 것은 어제 오늘의 화제가 아니다. 그러나 LPGA US오픈에서 박성현 등 한국인이 1,2,3등을 모두 차지했다는 것은 골프사에 남을 신기록이다. 더구나 이번 US오픈의 베스트10에 코리언이 8명인데 비해 미국인이 한명도 없었다는 것도 US오픈이 시작된 지 72년 만에 일어난 이변이다. LPGA(미국 여자프로 골프)의 쇼크다. 'US오픈'이 아니라 '코리아 오픈'이 아닌가 착각될 정도였다. 미국 여자 골프계에서 스웨덴의 안니카 소렌스탐이 오랫동안 여왕으로 군림한 적은 있으나 한국인처럼 그룹으로 골프계를 휩쓴 적은 LPGA 역사상 없다. 지난해까지 세계1위를 차지해온 리디아 고도 한국계 뉴질랜드인이다. 현재는 한국의 유소연이 세계랭킹 1위다. 요즘 태국의 주타누간과 캐나다의 브룩 헨더슨이 두각을 나타내고 있지만 코리언들을 따라오려면 멀었다.

– 한국일보 고문 이철 칼럼, '골프의 나라 코리아' 중에서

20170721

태상 드림

친애하는 선생님

트럼프 대통령이 이번 US오픈에서 한국 낭자들의 대단한 플레이 샷에 제대로 꺾여버렸네요. 참 타이밍도 안 좋지, 트럼프는 'Make America Great Again'이라 적힌 빨간색 모자를 쓰고 골프경기를 관람했다고 합니다. 미국을 다시 위대하게. 하지만 트럼프 소유 골프장에서 열린 이번 경기는 'Make Korea Great'가 되었네요. 하하 박성현 선수를 비롯한 한국 선수들의 혜성 같은 등장과 쾌거에 어찌나 얼떨떨하고 놀랐을지요.

지구촌 사회에서 국가 간의 소통은 항상 중요해 왔지만, 북핵문제에 세계가 주목하고 있으며, 이를 막기 위한 각국이 정책을 내놓는 요즘 미국, 한국, 중국의 국가관계는 그 안에서도 더욱이 도드라지고 있습니다. 이들은 각각 제 국가만의 입장을 가지면서도 충분한 소통을 통해 현 국제정세의 시국문제를 해소할 수 있는 최선의 합의점을 찾고 있습니다. 하지만 트럼프는 'Make America Great Again'이 적힌 모자를 쓴 것과 같이 오로지 미국의 입장만을 취하려 국가 간의 소통에서 투명하게 행동하지 못하고 있습니다. 자국의 이익과 안전은 당연히 중요시하지만 장기적으로 보았을 때 서로의 입장을 고려한 태도를 취함이 곧 장기적인 국가의 안보와 성장을 꾸릴 수 있을 텐데요.

태미사변

이번 US오픈을 KOREA오픈이라 해도 과언이 아닐 정도로 예상치 못한 쾌거를 당긴 한국의 멋진 여성 덕분에 우리 국민들도 함께 대한민국 국민이라는 것에 자부심을 느낍니다. '내가 바로 그 골프선수의 국가, 한국의 국민이다!'라고요. 트럼프의 콧대를 제대로 꺾어놓았지요. 대결에 있어서 상대를 좌절시키고 그 위에 군림하겠다는 마음가짐을 지녀서는 안 되겠지만 국교관계에서 미국은 항상 한국 위에 군림하는 듯한 태도를 취해왔으니 항상 그럴 수 없다는 것을 증명하는 멋진 역사적 사례로 남게 되었습니다.

많은 한국의 사람들은 말합니다. 한국은 틀려먹었다. 행복하기 위해서는 이 나라를 떠야 해 라고요. 미국의 대통령은 비판하면서 미국으로 가면 한국에서보다는 나을 거라는 판단은 굉장히 아이러니하지 않나요. 어떤 사람들은 외국으로의 도피를 꿈꾸는 사람들에게 대응합니다. 한국에서도 못하는 것을 어찌 문화, 환경, 사람이 다른 타국에서 해낼 수 있느냐고. 한국에서 포기한 자, 다른 나라로 가면 포기한 것을 이룰 수 있겠느냐고.

잘못된 것이 있으면 바로잡으면 됩니다. 부족한 것이 있으면 채우고, 과한 것이 있으면 덜어내면 됩니다. 이를 피하면서 빛 좋은 개살구를 찾으려고만 하지 말고, 개선하고자 하는 국민의 책임의식이 필요합니다. US오픈에 출전한 모든 한국 선수들에게 존경의 박수를 보냅니다.

20170724

김미래 드림

플라토닉 러브가
가능할까

친애하는 미래 님

요즘에도 'Platonic Love'가 가능할까요? 옮겨드리는 정명숙 시인의 칼럼 글 '플라토닉 러브'를 읽은 후 미래 님의 솔직한 의견 듣고 싶습니다.

태상 드림

오노레 드 발자크의 '골짜기의 백합'을 북클럽에서 읽었다. 당시 프랑스 사교계에 눈이 먼 어머니를 둔 주인공 펠릭스는 어머니의 사랑에 굶주려 불행한 어린 시절을 보내던 중에 눈부신 광채를 발하고 향기 나는 한 여인을 만난다. 애정에 굶주려왔던 그는 그녀로부터 무한한 모성을 느끼고 참기 힘든 젊은이의 욕정을 느끼지만 고결한 그녀에게 헌신적인 사랑만을 바친다.

한편 그녀는 망명에서 돌아온 귀족이며 정신적, 육체적으로 병든 남편인 백작을 섬기고 병든 두 자녀를 헌신적으로 돌보며 농장을 성공적으로 경영하는 여걸이다. 펠릭스와는 정신적인 교감만을 나누는 성녀이고 신앙인으로 충실한 플라토닉 러브만을 고집하며 그를 아들처럼 혹은 누이로서 인생의 멘토 역할을 한다. 아직 어린 펠릭스가 그녀 곁을 떠나지 않기 위해 그녀 아들의 가정교사를 자청하자 그녀는 그의 삶의 지침이 되는 장서를 쥐어주며 그를 파리로 떠나보낸다.

파리에 입성한 그는 방대한 지식과 재치 있는 지혜로 왕의 고문관으로 출세하게 되면서 사교계에 발을 들여 놓는다. 거기서 그는 영국 출신의 후작 부인인 더들리의 적극적인 공세에 못 이겨 관능적인 사랑에 빠진다. 모르소프 부인은 펠릭스와 더들리의 염문을 접하고 심하게 뿌리째 흔들린다. 그녀는 그동안 가족을 위해 또 자신을 성녀로 지키기 위해 참고 견뎌온 삶이 누구를 위한, 또 무엇을 위한 삶이었는지 후회하며 헛된 삶을 살았다는 무시무시한 회의에 자신을 말라 죽게 한다.

과연 그녀가 펠릭스와 육체관계를 맺었다 해도 죽었을까. 육체적으로 죽지는 않아도 정신적인 자괴감에 피폐한 삶을 살아가겠지. 결국 삶이란 끊임없는 선택의 연속이다.

– 정명숙 시인 칼럼, '플라토닉 러브' 중에서

20170723
태상 드림

친애하는 선생님

전 플라토닉 러브가 가능하다고 생각하는 1인입니다. 저라는 생명은 두 남녀의 에로스의 성애인지 아님 그저 성활동을 통해 잉태되어 탄생된 건지는 모르겠습니다만 모든 생명이 과연 진정한 사랑을 통한 합일로 탄생하는 것인가? 라 물었을 때 No라 답합니다. 많은 사람들이 원치 않는 임신을 하는 사례가 부지기수로 많기 때문이죠. 인간의 성활동은 기본적인 동물적 본능의 쾌락행위입니다. 다만, 다른 동물과는 달리 인간은 이성을 지니기에 이 욕망을 제어할 수 있습니다. 하지만 음주, 정신질환 등 이성을 잃을 때면 자기제어가 되지 않아 본능적으로 행동하게 됩니다.

사랑하는 인연 간의 성활동은 행해지기 전에 소통과 합의가 우선합니다. 서로가 Sex를 하기 위한 어찌 보면 이유가 존재하는 것입니다. 단지 유종번식을 위한 것이 아닌, 서로의 사랑을 재확인하는 행위의 한 가락지라고 볼 수도 있습니다. 반대로, 사랑하지 않지만 서로가 합의만 한다면 함께 Sex를 할 수도 있습니다. 이 관계에서 사랑은 부재하며 서로의 쾌락적 욕망을 해소하기 위해 몸을 합칩니다. 사랑하는 인연간의 sex도, 사랑하지 않는 두 사람의 sex도 결국 사랑과 필수불가결적인 직결관계를 가지지 않는 게 아닐까요.

내가 사랑하는 사람에게서 굳이 그 사람이 나를 사랑하고 있다는 것을 확인받아야만 그것이 진정 사랑인가요. 짝사랑도 사랑이지 않습니까. 난 그를 사랑하지만, 그가 만약 내가 사랑하고 있다는 것을 알게 된다면 상황은 두 가지가 될 수 있겠지요. 받은 사랑에 자신도 사랑을 주든지, 아님 사랑을 안 주든지. 내가 굳이 그를 사랑한다고 해서 그 또한 나를 사랑해야한다는 법은 없지 않습니까. 사랑은 동일한 무게를 주거니 받거니 해야 하는 수치적인 것이 아니니까요. 또한, '내가 당신을 사

태미사변

랑하니 당신도 나를 사랑해줘요.'라는 명제를 내렸는데 성립되지 않을 때의 슬픔은 결국 명제를 내린 제 자신의 것이 되어버립니다. 사랑을 하기 위해서는 자신을 먼저 사랑해야 진정한 나로써 진정한 사랑을 실천할 수 있습니다. 어찌 보면 자기 합리화하는 사랑에 대한 자기 주문일 수도 있지만 아낌없이 주는 것이 사랑이라면 아무리 내주어도 사랑이 온전하기 위해서는 내가 나를 사랑해야 하지 않겠습니까.

예측치 못한 상황들에 마주할 시 플라토닉 러브가 마구 흔들릴 수도 있습니다. 자신의 신념이 깨지는 순간 길을 잃고 방황하게 되니까요. 아, 잠시 Stop. 위 정명숙 시인이 언급한 '골짜기의 백합'에서 펠릭스와 모르소프 부인의 사랑이 플라토닉 러브인가요? 헌신적인 사랑인가요? 헌신적으로 사랑한다면, 모르소프 부인은 펠릭스가 더들리 후작 부인과 육체관계를 가졌다는 것으로 흔들렸을까요? 만약 펠릭스가 모르소프 부인에게 '난 더들리를 사랑하게 되었어요.'라 한다면 그녀는 그와 나누었던 플라토닉 러브에 혼란을 느끼고 상처를 입을 수도 있겠습니다. 하지만, 그것은 염문, 즉 떠도는 소문일 뿐이었습니다. 사랑하는 사람이 내가 아닌 다른 사람을 사랑할 때 진정 행복할 수 있다면 이를 인정하고 내려놓는 것도 사랑입니다. 김소월의 진달래꽃처럼요.

요즘 시대에서 플라토닉 러브가 가능하냐고 물으셨지요. 쉽지 않겠습니다. 아무리 사랑하는 사람일지언정 상대에 대한 의심은 나날이

더해갑니다. 시대가 발전하면서 정보의 홍수는 끊임없이 몰아닥치고, SNS를 통한 사람관계의 형성기회는 무한하며, 미디어를 통한 수많은 다른 사례들을 접하면서 점점 사람들의 머릿속 잣대는 늘어만 갑니다. 원인과 결과를 늘어나는 잣대들로 계산하고 저울질합니다. 원하지 않는 정보까지 주입되는 요즘, 시대가 바뀔수록 더욱이 플라토닉 러브는 어려워질듯 합니다.

또 앞뒤 맥락 없이 주절거렸네요. 하하

20170724
김미래 드림

친애하는 미래 님

'코스미안 어레인보우'의 '삶, 사랑, Sex는 같은 것. 몸 따로 마음 따로 아니지'는 어디까지나 wishful 희망사항일 뿐이고, 그 현실은 미래 님의 명쾌한 지적 그대로일 것입니다. 나도 미래 님의 솔직담백하면서도 엄청 신랄한 의견에 전적으로 동의 동감하지요. 책에 언급했듯이…….

태미사변

남녀 간 서로 진정으로 사랑하는 사람끼리만 성교가 가능하도록 그리고 그런 사이에서만 사랑의 결실인 어린애가 생기도록 조물주가 사람을 만들었더라면 돈으로 몸을 팔고 사는 매음행위나 폭력으로 벌어지는 강간 또는 시행착오로 빚어지는 이혼사태도 있을 수 없고 가정 불화나 가정파탄으로 죄 없는 자식들이 받아야 하는 고통과 슬픔도 없지 않았겠나 하며 나는 하느님을 원망한 적도 있다. 허나 만약 그랬었더라면 세상의 모든 남녀가 각기 가슴 설레며 미지의 제 짝을 찾아 헤매는 스릴과 서스펜스, 흥분과 기대, 자극과 재미가 없어, 살맛이 안 났을는지 모르는 까닭에, 역시 과연 조물주가 잘했다고, 그래서 지금 이대로가 최선일 것이라는 결론을 얻었다.

이것이 궤변처럼 들릴는지 몰라도 내 솔직한 심정이었습니다. 내 친김에 실토하자면, 나는 어려서부터 아직까지도 이런 저런 사정으로, 마땅하고 적당한 상대가 없거나 상대방을 성가시게 하지 않기 위해서, 말하자면 편의상, 이성과 성관계를 맺은 횟수보다 자위한 횟수가 훨씬 더 많을 것 같네요. 그러니 Sex는 사랑에 포함될 수도 있겠지만 전혀 상관없는 것일 수도 있겠다는 미래님과 같은 생각입니다.

"짝사랑도 사랑이지 않습니까."라고 하셨는데, 내 책에서도 몇 번 인용했지만 영국 시인 Barnabe Googe의 'I did but see her passing by, And yet I love her till I die.' 라는 이 verse가 플라토닉 러브가 가능하

다고 믿는 사람들에게는 아직도 유효하고, 이런 짝사랑이 여전히 가능하겠지요. 아낌없이 주는 것이 사랑이라면 아무리 내주어도 사랑이 온전하기 위해서는 내가 나를 사랑해야 하지 않겠습니까.

아, 진실로 미래님은 타고난 천재 만재이십니다. 조숙해도 너무 조숙하십니다. 내가 80평생을 살아오면서 다 늦게 깨달은 바를 20대 초반에 이미 깨우치시다니! 정말로 경이롭고 신비로울 따름이네요. '코스미안 어레인보우'의 '코스모스 칸타타 코스미안' 끝부분에 나는 이렇게 기록해 놓았지요.

코스모스의 꽃말이 소녀의 순정을 뜻한다는 것을 알고 청년이 된 나는 코스모스를 뜨겁게 뜨겁게 사랑하게 되었다. 미치도록 죽도록, 벙어리 냉가슴 앓듯 남모르는 열병 코스모스 상사병을 나는 앓기 시작했다. 그러면서 나는 코스모스 같은 소녀를 찾아 나섰다. 미움과 모짐, 혼란과 혼돈 속에서도 사랑과 평화로 조화를 이룬 아름다운 우주 코스모스를 찾아. 억지와 무리가 없고 질서정연한 세계, 사랑의 낙원을 찾아 언제 어디서나 코스모스 같은 아가씨가 눈에 띄면 원초적 그리움 솟구치는 나의 사랑을 고백했다. 타고난 태곳적 향수에 젖어 정처 없이 떠돌아 방황하던 시절, 이미 어린 나이에 사랑의 순례자가 된 나로서는 독선과 아집으로 화석화된 어른들의 카오스적 세계가 보기 싫어 순수한 사랑으로 코스모스 속에 새롭게 태어나고 싶었다.

그러나 나는 아무도 사랑할 수 없었다. 나 자신을 사랑하지 못하는 한 그 아무도 진정으로 사랑할 수 없다는 것을 비로소 깨닫게 되었다. 바람 한 점에도 코스모스 출렁이는 바다 됨은 다 늦어 깨우침에 아직도 미련의 노래 남아서일까. 현재 있는 것 전부, 과거에 있었던 것 전부, 미래에 있을 것 전부인 대우주를 반영하는 소우주가 인간이라면 이런 코스모스가 바로 나 자신임을 깨닫게 되는 순간이 사람이라면 그 어느 누구에게나 다 있을 것이다. 이러한 순간을 위해 너도 나도 우리 모두 하나같이 인생순례자, 세계인 아니 우주인 '코스미안'이 된 게 아닐까. 하늘하늘 하늘에 피는 코스모스바다가 되기 위해.

20170725

태상 드림

친애하는 선생님

왜 선생님의 답장을 이제야 봤는지, 출력을 해서 테라스에 앉아 담배연기를 머금으며 읽는데, 담배연기 때문인지 뭔지는 몰라도 눈이 시큰거리더랍니다. 몇 번이고 펴도 이전에는 안 시큰거렸는데, 선생님 글에 마음이 시큰해져 눈도 시큰했나 봅니다.

전까지만 해도 아무리 마음에서 외치어도 결코 답은 돌아오지 않으며, 그저 다시 제게로 돌아오는 메아리 사랑의 공허함에 사무치던 전 선생님과의 지난 5개월간의 사변으로 사랑은 내 안에 있고, 세상 곳곳에 심어져 있다고 여기면서 혼자여도 절대 혼자가 아니고, 침묵 속에도 사랑이 동동 떠다니고 있다는 것을 느낍니다.

어쩌면 제가 너무 이기적으로 제 자신을 사랑하려고 애를 쓴 것은 아니었나 싶습니다. 선생님의 말씀들로 저의 지금껏에 대한 의문에 답을 채워 넣기도, 반박을 하기도 하면서 '난 나를 사랑한다'라는 최종 답안을 이끌고자 고군분투했습니다. 그로써 저는 제 자신을 말만 따라 거짓으로 사랑하는 것이 아니라, 진정으로 사랑하게 되었고, 모든 순간이 소중한 하루들을 맞이하고 있습니다. 이 모든 것에는 선생님이 끊임없이 저를 일깨워주시고 자극 주심 때문입니다.

사랑을 노래하고, 자연을 노래하며, 서로를 노래하고, 세상의 평화를 노래한 지난 5개월간의 선생님과의 사변이 없었더라면 전 절대 이렇게 노래하지 못했을 것입니다. 코스미안의 꽃말, 소녀의 순정처럼 맑디맑은 투명한 어린아이의 숨결로 노래하시는 선생님이라는 귀중한 코스모스를 만났기에 전 노래할 수 있었습니다.

그저 한 영원일 것만 같던 제 인생을 하루에도 몇 번의 영원을 살아

수만 번, 아니 수억 번의 영원을 살 수 있게 해주신 선생님께 전 더할 나위 없는 감사와 사랑을 지니고, 우리의 글에서뿐만 아니라 세상 곳곳에 이 감사와 사랑은 시도 때도 없이 제게 안깁니다.

선생님은 선생님을 사랑하셨습니다. 그렇지 않고서야 그 사랑을 제게 이렇게 주실 수 없었습니다. 선생님의 해심 바다는 잔잔할 때도, 출렁일 때도 모두 선생님 자신의 사랑이었고, 미련의 노래 아닌 파랑새의 노래였습니다.

전 온전한 코스미안이 되기까지는 아직 멀고도 멀었습니다. 하지만 저, '나는 코스미안이다'라 여겨지는 순간순간을 잊지 않고 선생님 해심 바다와 우리가 살고 있는 구형정원 지구 위에 사랑의 노란 빛줄기가 되어 찬란히 내리겠습니다.

하루를 영원이라 여기면서, 순간 또한 영원이라 여기면서, 여러 삶을 코스미안으로……

20170808

김미래 드림

미혹과
불혹

친애하는 미래 님

애인, 연인, 부모형제자식, 그리고 애완동식물 내지 우주자연은 물론 삶과 죽음까지도, 그 누가 또는 그 뭣이든, 사랑은 궁극적으로 자신을 사랑하는 것이 아닐까요.

어느 영문학 교수님 책에서 〈논어〉의 한 구절이 인용된 것을 보았다. '애지욕기생愛之欲其生' '사랑할 때는 그 사람이 살기를 바란다.' 사랑의 진정한 의미는 그 사람을 얽매는 것이 아니라 그가 자기 뜻을 펼치고 살아가도록 바라는 큰마음을 갖는 것이라는 취지의 해설이 붙어

태미사변

있었다. '그 사람이 살기를 바라는 마음'이 사랑이라. '누군가를 사랑할 때는 그를 살리고 싶어 하고 누군가를 미워할 때에는 그가 죽기를 바라니, 이미 누군가를 살리려 하고 또 죽기를 바라는 게 바로 혹惑, 미혹이다.' 공자는 '미혹됨이 무엇입니까?'라는 제자 자장의 질문에 답하면서 '사랑할 때의 마음과 미워할 때의 마음이 완전 뒤바뀌는 그 자체'를 두고 미혹함이라 답했다. 따라서 미혹되지 말고(불혹不惑) 사리분별력을 갖춰야 한다는 의미다. 우리가 누군가를 사랑하다가 얼마 지나지도 않아 그 사람을 미워한다. 왜 그럴까? 그 사람이 달라져서일까, 아니면 내가 그 사람을 처음부터 잘못 파악해서였을까? 오히려 내가 그 사람을 제대로 파악하지 못했다가 뒤늦게 실체를 깨닫고 실망하는 경우가 많다. 그러고는 말한다. "그 사람이 날 속였어. 어떻게 그럴 수 있지?"

그 사람이 날 속인 게 아니라 내가 날 속인 것이다. 그 사람이 좋아서, 그 사람의 실체를 제대로 보지 못하고 내가 만든 허상을 좋아했기 때문이다.

– 조우성 변호사 칼럼, '사랑할 때와 미워할 때, 그리고 미혹' 중에서

20170711

태상 드림

친애하는 선생님

21살 한때 4살 연상의 한 남자에게 금사빠, 즉 금세 사랑에 빠졌다가 갑자기 그 사람이 잠수를 타버리자 (아무런 이유 없이 갑자기 연락을 끊자) 불안에 휩싸여 그 사람의 직장까지 찾아갔던 적이 있었습니다. 나와는 연락이 안 되니 그 직장에 전화를 걸어 내가 그 사람 조카인데 급하게 삼촌을 만나야 한다며 그 사람의 근무 장소와 시간을 알아냈었지요. 친한 친구 3명이 저와 함께 인천까지 함께 가주었고, 저희는 그 주변을 맴돌며 그 사람 어디 있느냐며 끊임없이 물어보고 다녔지요. 열심히 비집고 다니니 직장에서의 자신의 입지가 꼬일까 불안했는지 드디어 모습을 드러냈습니다.

들어보니 얼마 전 3년 전 사귀었던 연상의 여자친구(저보다 7살 많은)가 한국에 돌아와 다시 만나자고 했더랍니다. 죄의식에 휩싸여 제 연락을 피했었고, 미안하다며 일주일의 정리의 시간을 달라 하기에 전 세상 떠나갈듯이 울고불고 지랄발광을 떨다가 알겠다며 집에 돌아왔지요. 허나 일주일 후 그의 연락은 오지 않았고 저는 밤새 복수를 계획했습니다. 8일이 지났을 때 찾아와 울면서 빌기에 다시 만났지만 그는 또 다시 잠수를 타버렸습니다. 지금 생각하면 자기 자신에 대한 확신 없이 불안에 휩싸여 사는 사람이라 여겨지며 오히려 안쓰럽습니다.

그 때 당시 저는 밥도 먹지 않고 오랫동안 충격에 휩싸였습니다. 그러한 시간 후에 내린 결론은 '여성으로서 당당해지자. 능력을 키우고, 여성으로서 아름다워지자'였습니다. 일을 어마무시하게 벌려놓았고, 1일1식을 하며 매일 3시간씩 운동을 하였습니다. 그러다보니 하루 2시간 정도밖에 잠들지 못했고, 결국 거식증에 걸려 키 171cm에 몸무게가 40kg까지 떨어지는 영양실조에 달했습니다. 그 때를 생각하면 끔찍합니다. 머리는 빠지고 모공은 모두 막혔으며, 먹기만 하면 토해내고, 하지정맥류가 생기고, 걷지를 못해 결국 한 달가량 누워만 있었지요. 지금 그런 상황이 왔다면, '바보 같은 사람이구나. 그래도 그 나름의 사정이 있겠지. 내가 그는 아니니까.'라 생각하며 얼마간은 힘들어 했겠지만 금세 털어버렸을 것입니다. 21살의 저는 사랑의 진정한 의미를 제멋대로 정의내리고 그 안에 갇혀 미혹을 품은 것이지요. 결국 이는 제 자신을 사랑하지 못하는 것으로 이어져 스스로를 파괴하였습니다.

전 그에 대해 잘 알지 못했습니다. 짧은 시간 알고 지낸 후 연인이 된 것이기 때문인지 몰라도, 그에게서 보고 싶은 것만 보고 그 이상과 이하는 전혀 그리지 않았던 것이죠. 즉, '그 사람이 날 속인 게 아니라 내가 날 속인 것이다. 그 사람이 좋아서, 그 사람의 실체를 제대로 보지 못하고 내가 만든 허상을 좋아했기 때문이다.'였었던 것입니다.

무턱대고 내가 만든 그 사람의 허상을 사랑했고, 그 허상을 깨뜨리고 실체를 보려고도 하지 않았습니다. 헌데 그 때의 저를 미워하지는 않습니다. 21살의 강렬하고도 자기파괴의 시간이 있었기에 지금의 제가 있기 때문입니다. 가끔은 순수하게 그저 그 사람의 존재만을 좋아하고 사랑했던 어릴 적의 제가 부럽습니다. 원인, 과정, 그리고 결과를 고려하지 않고 그저 함께하고 바라볼 수만 있다는 것이 부럽습니다. 하지만 그것이 미혹인 것은 부정할 수 없습니다. 나를 사랑하지 않은 채, 그의 진정한 실체 아닌 허상을 무조건적으로 사랑하고 그것이 진짜 그의 모습이라고 무의식중에 끊임없이 스스로에게 주문과 명령을 내리는 것이니까요.

지금은 내가 가장 사랑하는 내가 누군가를 진정히 사랑하고 싶습니다. 지나가는 많은 연인들을 보면서 가끔 생각합니다. 카페에 앉아 둘이 속닥속닥 거리며 주위 눈치 보지 않고 서로의 입술에 입을 맞대는 연인을 보고 생각합니다. 가까이 마주하고 있는 상대의 허상을 사랑하며 진정한 그를 사랑하고 있다 착각하는 것은 아닐까. 상대의 겉모습, 특정한 행동과 말, 함께 있는 공간과 분위기의 아름다움으로 그 사람과 지금의 사랑이 아름답다고 끊임없이 주문을 걸고 있는 것은 아닐까.

미혹과 진정한 사랑을 구분 짓기 위해서는 많은 경험이 필요할 듯합니다. 쓰디쓴 시간일지라도 허상을 사랑하기도 해보고, 실체를 사랑하기도 해보기를 여러 차례 지내다 보면 언젠가는 미혹 아닌 불혹의 내가

태미사변

되지 않을까요. 곧 나를 진정으로 사랑하게 되지 않을까요.

20170716

김미래 드림

친애하는 미래 님

　미래 님의 경우는 그야말로 약과藥果이시네요. 나도 '나의 코스모스'라 부른 아가씨의 허상에 빠져 평생토록 '코스모스 바다'에서 58년이나 허우적거리다 익사 직전 미래 님을 통해 나의 진짜 코스모스를 발견, 비로소 나 자신을 찾은 셈이니까요. 어떻든 한없이 미련한 나보다 미래님은 천만 배 똑똑하십니다. 존경스럽고 부럽군요.

20170716

태상 드림

친애하는 선생님

제가 어찌 선생님보다 천만 배 똑똑할 수 있겠습니까. 선생님을 알고 선생님을 듣고 제가 배워온걸요! 선생님은 제 스승이자 쌍둥이이십니다. 저 또한 언제 어느 시점에 제 코스모스에게 빠지어 얼마나 긴 기간 허우적거릴지는 제가 이 세상을 보는 눈을 감기 직전에만 알 수 있겠지요.

어젯밤 꿈속에 선생님이 나오셨습니다. 정확한 스토리는 기억이 안 나지만, 제가 많은 사람들로부터 손가락질을 받고 있었던 것 같습니다. 그 곳에 선생님이 등장하여 어깨를 움츠리고 있는 저를 대신하여 목소리를 내어주시고 함께 맛있는 식사를 하였지요.

선생님께 요즘 들어 매일 메일 답장을 드리지 못해 정말 죄송합니다. 하지만 하루에도 몇 시간씩 선생님과 지금껏 나눈 4개월 동안의 메일들을 모두 페이퍼로 출력하여 지하철에서도, 사무실에서도, 잠들기 전에도 읽습니다. 그것 아십니까. 지금까지 저희가 나눈 글들이 A4 600페이지에 달한다는 것을! 제 가방 속, 파일 속, 선생님은 항상 저와 함께 하십니다.

선생님, 시간은 느린 듯 막상 그 때가 찾아오면 성큼 다가와 있지 않나요. 성큼 다가올 9월 말을 그려봅니다.

20170721

김미래 드림

알렉사 ^{Alexa}의
안락사

친애하는 미래 님

요즘 로봇 알렉사^{Alexa}에 관한 기사가 많이 눈에 띄는데 이 로봇 친구 알렉사가 인류와 인간을 안락사라도 시키게 될 것인지 우리 한 번 생각해볼까요.

신작 장편 '기사단 죽이기'를 최근 국내 출간한 일본 작가 무라카미 하루키는 중앙일보 신준봉 기자와 가진 서면 인터뷰(2017년 7월 18일자 중앙일보 사람사람 페이지)에서 이런 말을 했네요.

태미사변

특별히 구상을 하지 않는다.   생각나는 대로, 자연스럽게 이야기를 할 뿐이다. 글이 써진다 싶으면 집필을 시작하고, 매일 계속해서 써나가고, 다 쓸 때까지 쉬지 않는다. 구상은 대체로 방해가 될 뿐이다. 이야기는 머리로 생각해 만들어 낼 수 있는 게 아니다. 몸속에서 자연히 흘러나오는, 넘쳐나는 것이다. 의미나 정의, 무슨무슨 주의, 어떤 경우에는 이성이나 선악의 개념마저 초월하는 것이다. 시간과 공간, 언어나 문화 차이를 넘어 사람들의 마음을 움직이는 선량한 힘을 지닌 것이다. 그런 이야기의 힘을 생생하고 정확한 문장으로 옮기려면 뛰어난 능력과 많은 경험이 있어야 한다.

미래님, 우리 두 사람이 지난 4개월 남짓 주고받은 '태미사변' 이야기도 좀 그렇다면 그런 것 같지 않습니까.

20170719
태상 드림

친애하는 선생님

알렉사^Alexa가 안락사를? 한참 왜 갑자기 안락사로 연결된 것인지 한

참 생각했습니다. 역시 언어놀이의 대가이셔요. 하하

편안하게 사람을 점점 죽여 간다는 의미에서 알렉사가 안락사를 할지도 모르는 일입니다. 점점 사람이 할 수 있는 영역을 로봇에게 의지하면서 에어컨을 튼다든지, 보일러를 켠다든지 같은 단순한 행동들을 로봇에게 맡겨버리는 것이지요.

요즘 광고에도 나오듯이, 로봇이 사람과 대화를 해주는 기능을 탑재한 홈 IOT기술이 발전하면서, 사람 간의 대화를 통해 감정을 쌓는 시간을 인공지능과 함께하기도 합니다. 이 기술이 발전하고 더욱이 상용화되어 모든 기기에 탑재된다면 사람들은 점점 정말 사람과 대화하는 시간은 상대적으로 줄어들 것이고, 이성을 지닌 동물로써의 기능을 상실해갈지도 모릅니다.

정말 오랜 시간, 사람이 직접 행하고 이루던 많은 것이 알렉사를 시작으로 다양한 기술의 로봇으로 대체된다면 사회는 어떻게 변모할까요. 미래 시대를 다룬 많은 영화들처럼(예전에 소개드렸던 영화, Ghost in the Shell과 같이) 정말 그렇게 될까요? 교외에 나가면 있는 시골의 허름한 초가집과 논밭들이 사라지고, 있다 할지언정 원시 밀림으로 치부되어 접근 불가 구역이 되어버릴까요? 만약 그렇게 된다면 알렉사는 서서히 사람들을 안락사를 시키는 것이 맞겠습니다. 편안하게 점점 본디 사람의 가치와 의미를 퇴색시키겠지요.

　좀 귀찮을지라도, 몸이 더 피곤할지어도 사소한 것부터 큰일까지 직접 이겨내고 다루고 행해야지만 사람의 열 손가락 감각은 살아있을 것이며, 심장의 박동 속도도 느려졌다가도 빨라지기를 반복하지 않을까요. 많은 것들이 신경 쓰지 않아도 저절로 흘러간다면, 별다른 감정과 욕구가 일어나지 않아 로봇과 다를 바 없이 항상 평정만 지키게 될 것입니다. 안락사. '편안하고 즐거이 죽인다.' 이는 질병을 치료할 방법이 없어 최후책으로써 도입한 정책이지 않습니까. 알렉사, 그리고 앞으로 더욱이 발전되어 인간의 편의와 더 많은 여유시간을 부여할 기술들은 사실 인간이 직접 행동한다면 얼마든지 해결되는 것들의 대체안일 뿐인데 말이죠.

　오늘 아침에 술집이 즐비하게 늘어선 홍대 앞길을 맑디맑은 8살가량의 아이들이 지나가는 것을 보았습니다. 오늘은 월요일이기에 길거리에는 주말 동안 사람들이 버린 담배꽁초, 맥주캔, 배달음식 포장지 등 쓰레기들이 마구 버려져 있었습니다. 어른의 선생님인 아이들이 이를 보고 무엇을 느낄까, 정말 참혹했습니다. 내가 만약 아이를 가진다면 길거리에 쓰레기 하나 없고 푸른 들과 오로지 나무만이 걸친 높은 창공이 훤히 보이는 자연에서 키워야겠다는 생각이 문득 들었습니다.

미팅이 있어 지금 당일치기로 부산 광안리에 와있습니다. 만남을 마치고 광안리 바다 앞을 걸었습니다. 바다는 하늘을 품고, 해를 품는 넓디넓은 마음입니다. 헌데, 이곳은 너무나도 발달한 관광지여서인지 자연이 아닌 사람이 만든 거대한 수영장처럼 느껴집니다. 앞에 즐비하게 늘어선 술집, 식당, 편의점, 카페들. 해질녘이 되니 여기저기 다 다른 빛의 전광판들. 씁쓸합니다. 갈매기가 있어야 하는 바닷가에 비둘기가 자리를 꿰찼습니다. 하지만 사람들은 이미 이러한 자연의 인조화에 익숙해져 여름 휴가철이면 너도나도 해운대, 광안리 바닷가로 모여듭니다. 이미 만들어진 것, 주어진 것들에 탑승합니다. 본디의 자연은 그저 장식품에 불과합니다. 사람들은 이미 편의에 익숙합니다. 마음이 아픕니다.

20170724

김미래 드림

꼴림과
꼴림

친애하는 미래 님

'기쁘다'가 '기꺼이(기쁘게) 하고 싶어 한다'라는 뜻이라면 이는 곧 '꼴림'이 될 터이고, 따라서 '기쁘다'의 반대가 '억지로 하다'가 된다면, 이는 또 내키지도 않는데 마지못해 하게 되는 '끌림'이 되는 게 아닐까 하는 생각입니다. 이럴 경우에는 '끌림'이 '골빈당, 맘빈당, 속빈당'이 되는 것이고 그 반대로 '꼴림'이 '골찬당, 맘찬당, 속찬당'이 되는 게 아닐까요. 미래 님은 어떻게 생각하십니까?

20170805

태상 드림

친애하는 선생님

가끔 제가 제 자신도 당혹스러운 희한한 행동을 하였을 때 '왜 그랬지?'라고 의문을 던집니다. 결국 뚜렷한 이유는 절대 떠오르지 않고 그저 그 순간 하고 싶어서 '꼴리는 대로' 한 것이라고 밖에는 답이 안 나오더랍니다.

만약, 하고 싶은 것이 있는데 타인의 권유나 주변의 눈치 때문에 어쩔 수 없이 별로 하고 싶지 않은 결정과 행동을 하게 되면 괜히 심술이 나고 상황 상 그게 더 나은 선택일지는 몰라도 내 옷이 아닌 다른 이의 옷을 입은 것 마냥 불편해집니다. 이 선택에 대한 좋은 생각은커녕, 쓸데없이 '내가 하고 싶은 대로 했으면 더 좋았을 텐데.'라는 부정적인 생각이 마구 피어올라 온전하게 행동하지 못하게 됩니다. 겉보기에 잘하고 있는 것처럼 보일지언정, 그것은 그저 예의치레, 가식으로 휩싸여 버립니다.

그렇다고 해서, 꼴린 대로 한 것이 절대 최선의 선택이자 정답이라는 건 아닙니다. '꼴리는 대로' 행하는 것은 그 때의 감정과 사고가 어우러져 강력한 합일을 일으켜 반사적으로 튀어나오는 즉흥적인 행동입니다. 순간적인 행동은 나 외의 바깥의 영향이 들어올 틈도 없이 발생되는 것이기 때문에 온전한 나라고도 할 수 있습니다. 여기서 갈리는

태미사변

것은, '꼴리는 대로' 한 생각을 직접 행동에 옮기느냐와 옮기지 못 하느냐 인 것 같습니다.

자신을 사랑하고 믿고, 그러할 때 슬픔이든 기쁨이든 모두 행복이라 여기는 사람들은 자신 있게 '꼴리는 대로' 행동합니다. 허나, 자신에 대한 불신과 타인들 사이에서 느끼는 열등감에 휩싸인 사람들은 '꼴리는 대로' 사고하는 것조차도 자유롭지 못하고, 오히려 자신 외의 것들에 자신을 끼워 맞추어 퍼즐이 완성된다 여기며 자신 아닌 바깥의 것들에 끌려 다니게 됩니다. 만약 '꼴리는' 사고를 하였을지언정 바깥의 온갖 장애물들을 떠올리다가 결국에는 자신만의 즉흥적인 행동까지 절대 이어지지 못합니다.

얼마 전에 웬일인지 매일 바지만 입던 제가 원피스가 입고 싶었나 봅니다. 아침에 원피스를 입고 밖을 나섰지만 하루 종일 불편하여 몸을 비비 꼬게 되더군요. '내가 왜 입었지?'라는 의문이 들어 한 언니에게 물었더니, 언니가 말하길 '꼴려서'라 답해주었습니다. 생각해보니 그날은 이곳저곳 미팅이 많아 단정히 입고 싶은 내면의 요청이 있었습니다. 비록 네 개의 미팅 중 세 개가 취소되어 별 효과를 발휘하지는 못했지만 오랜만에 입으니 또 다른 나의 애티튜드를 발견할 수 있었고, 그렇게 부정하던 치마도 막상 다시 입으니 이전과는 다른 매니쉬한 분위기가 연출되어 오히려 뿌듯하더랍니다. 꼴리는 대로 한 행동은 행복하기도, 불행하기도 합니다. 하지만 이 행동은 원인결과를 따지지도, 여러 조건을 따르지도 않은 순간의 선택이기 때문에 절대 그 행동이 완벽할 수만은 없습니다. 그래서 후회도 할 수가 없습니다. 그저 즉흥적인 날갯짓에 개운해지고, 내가 선택한 것임에 그저 '픽' 웃음만 새어 나옵니다.

내 선택은 그 누구에게도 전가할 수 없습니다. 만약, '끌림'의 행동이라면 핑계 댈 곳이 많습니다. 핑계는 행복도 불행으로 변모시킬 수 있고, 더 큰 만족도 불만족으로 우회시킬 수 있습니다. 반면, '꼴림'의 행동은 핑계 댈 곳이 없습니다. 그저 내 것이니 기쁘면 더 좋고, 안 기뻐도 뭐 별 수 있겠습니까. 그 선택에 많은 무게를 싣지 않고 가벼이 웃어넘기면 그만 아닐까요.

꼴리는 대로 살려 하다 보니 제 개인적인 입장일지는 모르겠지만 전 꼴림이 더 좋고, 꼴리는 대로 살았을 때 진정 제 자신이 제가 되는 기분입니다. 하하하

20170807

김미래 드림

용감
무쌍하게

친애하는 미래 님

최근 영화로도 개봉한 소설 '군함도'의 내용을 친구가 간추려 보내주기에 읽어보았습니다.

인류역사를 통해 수많은 전쟁으로 그 얼마나 참혹한 비극이 계속되고 있는지, 그 언제나 진정한 평화가 찾아올는지 모를 일이지만, 미래 님의 신념대로 그 무엇이나 그 누가 나타나거나 찾아오길 기다릴게 아니고, 용감무쌍하게 초적극적으로 찾아 나서야 하지요. 이는 바로 하루 빨리 우리 모두가 코스미안임을 깨우쳐 자각할 수 있을 때에라야 비로소 가능해지지 않겠습니까.

그러니 우리 '태미사변'이 어서 international Best seller가 된다면 크게 도움이 되지 않겠습니까. 분기탱천하면 얼마든지 가능하고 더 할 수 없이 보람찬 대위업이 될 것입니다. 골프 같은 '꼴림'이 아니고 평화라는 '끌림'의 여왕 아니 여신이 되시는 겁니다. 단군의 홍익인간 사상을 만천하에 펴시는 거지요. 이것이 우리의 대망이며 천부의 사명이 아니겠습니까!

20170807

태상 드림

친애하는 선생님

요즘 북한의 핵문제로 한미중일이 강력한 대북정책을 논의하고 실행하면서 오랫동안 잊고 있던 전쟁의 실현 가능성과 그로 인한 두려움이 다시 피어오르고 있습니다.

아무리 세계가 북한에게 핵 포기와 동시에 적극적인 국가 간의 소통을 요구하고 있지만, 김정은 정권은 핵 포기는커녕 소통의 문조차 닫고 있습니다. 어찌 생각하면 핵 완성에 다다른 독재자 김정은은 그 하나로 세상을 '조져 버릴 수' 있기 때문에 두려울 것도 없으며, 집안 대대로 3대에 걸쳐 변치 않는 집권 신념과 사상이 너무나도 강력하기에 지금 자신의 행보가 가장 최선의 해답, 아니 최고의 정답이라는 생각은 절대 꺾을 수 없습니다. 이전 미국이 일본에 엄청난 피해와 굴복을 얻어낸 '나가사키 원폭'이라는 큰 성공(?) 사례가 있고, 세계가 민주화되고 있지만 북한은 다수가 배곯을지언정 집권층은 배불리 떳떳한지 정말 오랜 시간이 지났으니 더욱이 당당할 수밖에요.

문재인 대통령이 강력한 대북제재를 내세우며 북한의 도발 시 한국도 무력으로 대응할 수 있는 방침들을 추진하고 있으니 이제 더 이상 한반도의 아랫자락도 안전하지만은 않습니다. 물론, 세계가 극한의 상황, 전쟁까지 이끌고 가지 않도록 애쓰겠지만 언제 핵미사일을 쏘아 올릴지 전혀 예측되지 않는 북한 아래에서 그 무엇도 추측은 가능할지언정 철저한 대비책은 강구되기 어렵습니다.

그저 옛 역사, 소설, 영화 등 전혀 현실적이지 않던 전쟁 이야기들이 조금씩 현실에서 발화되고 있습니다. 아무리 믿어야 하는 문 대통령이지만서도 언제 일어날지 모르는 북 미사일 도발에 강력히 대응하겠다는 뉴스 기사를 보면 전 손이 떨립니다. 도대체 무엇 때문에 나라는 군사력을 강화해야 하고, 꿈 많은 청년들을 전투장으로 내몰아야 하고, 국민들이 더 행복해지는데 쓰일 수 있는 나랏돈을 차갑고 무거운 무기를 만드는데 써야 하며, 왜 같은 사람들이 무슨 악감정 때문에 따지고 보면 별다른 이유 없는 싸움으로 많은 희생을 치러야 하는가 하는 의문입니다.

공존을 위한 마지막 카드가 싸움은 아니지 않습니까. 총을 겨누고 협박해야만 종결이 나는 것은 아니지 않습니까. 도대체 누가, 어디서, 무엇에서 분열은 시작되었고, 그 분열의 경계는 더욱 단단해져만 가 그 둘을 극심하게도 분리시키고 소통의 끈을 끊어버린 것일까요.

'대응 : 어떤 일이나 사태에 맞추어 태도나 행동을 취함'

대응책을 강구하기 위해 회담 및 전화 통화를 하고 있는 각국의 정상들은 지금 이 사태에 맞추어 태도와 행동을 취하고 있습니다. 그렇다면, 시작점은 바로 '사태'입니다. 이 사태를 일으킨 것은 누구 하나의 잘못도 아닌 공공의 잘못입니다. 오랜 기간 동안의 사태 동안 저마다의 입장을 취하며 상대를 곤두서게 하였고, 이의 악순환은 계속되어 사태는 점점 악화되어만 갔습니다. 이제 필요한 태도와 행동의 대응책은 더 이상 이 사태를 악화시키지 않고 평화로의 방향으로 이끌어 선순환이 이뤄질 수 있도록 해야 합니다.

맞습니다. 누군가 용감무쌍하게, 초적극적으로 나서 이 사태를 완화시키고 선순환으로 교체해야합니다. 누군가 이 두려움과 어두움 속에서 횃불을 들고 옳은 방향을 가리키고 선도한다면 군중은 움직일 것입니다. 그것이 한 나라에서 시작해 세계의 움직임으로 번져갈 날을 손꼽아 기다립니다. 아니, 직접 행동하며 그러한 날을 그리며 제 할 수 있는 바 다하여 돌진하겠습니다.

세상에 내보여 군중에게 마음 전할 수 있는 '태미사변'이 저의 첫 걸음이 되지 않을까 감히 이야기해 봅니다. 평화를 위해 사랑을 논하고, 자연을 노래했으며, 시공간을 압축하지 않았습니까. 비록 전 24살 아직 세상을 다 알지 못하고 내 맘 뛰는 대로 움직이는 이기적일 수도 있는 어린아이지만, 나를 위함이 아닌 세상 곳곳에 피어오를 수 있는 사랑에 이슬 한 방울이라도 떨어뜨릴 수는 있지 않을까 하는 마음에 그 다디단 꿀이슬, 이리 저리 사뿐히 내려주고 싶습니다. 선생님의 호, 해심의 바닷바람이시여, 제 이슬들이 세상 곳곳에 닿을 수 있도록 짭쪼롬한 바람 불어주소서!

20170807

김미래 드림

수수께끼의
실마리

친애하는 미래 님

　세상만사 참으로 불가사의할 뿐입니다. 그 중에서도 특히 우리 두 사람의 뜻밖의 만남이! 얼핏 언뜻 이런 생각까지 드네요. 어쩜 1968년 11월 27일 쌍태아로 태어났다가 하루 만에 떠나버린 '해아'가 미래 님으로 환생해 49년 만에 내 앞에 나타나주시는 것일 수도 있겠다는!

　우리 남은 여생에 이 Cosmic Riddle이 풀릴 수 있을까요?

20170808

태상 드림

경애하는 선생님

　해심이 품은 태양의 기운을 지니신 해아 님의 따스하고도 강렬한 기운을 제가 대신할 수 있을지요. 저 또한 지금의 선생님과의 만남과 지속이 너무나도 신기하고 불가사의하여 아직도 어벙벙합니다! 그 수수께끼는 올가을, 어느 정도 실마리를 잡을 수 있지 않을까요.

20170808

김미래 드림